돌틈 사이 흐르는 노래

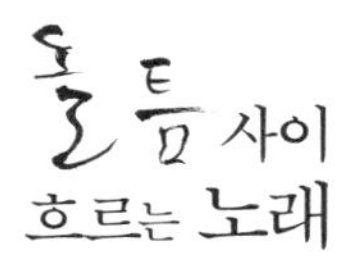

초판 1쇄 발행 2024년 4월 5일

지은이 김영배
펴낸이 이기봉
편집 좋은땅 편집팀
펴낸곳 도서출판 좋은땅
주소 서울특별시 마포구 양화로12길 26 지월드빌딩 (서교동 395-7)
전화 02)374-8616~7
팩스 02)374-8614
이메일 gworldbook@naver.com
홈페이지 www.g-world.co.kr

ISBN 979-11-388-2917-5 (03810)

꿈을 먹고 푸른 하늘로

돌틈 사이 흐르는 노래

김영배 지음

좋은땅

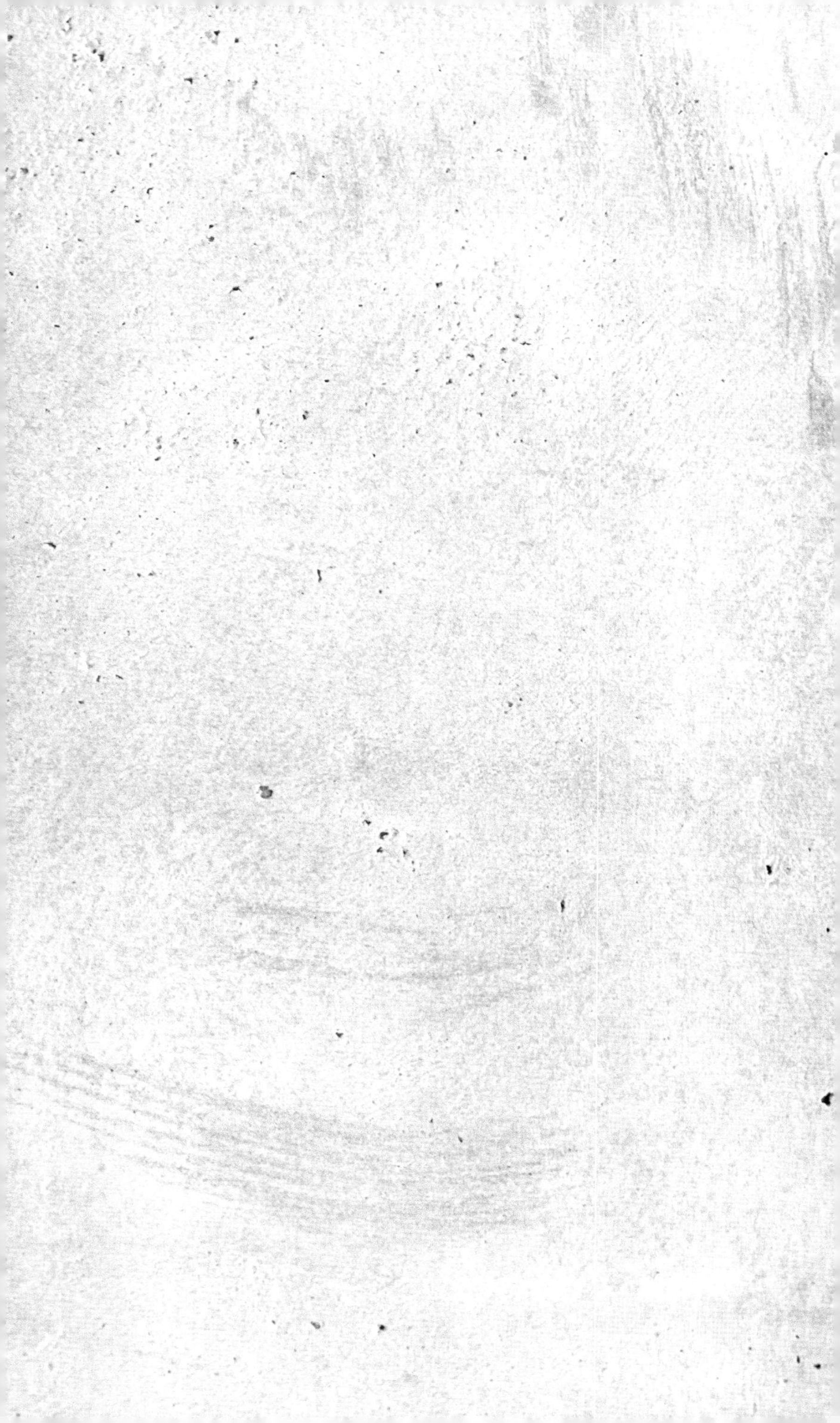

어머니와 나

♤ 시인의 말

인생이란 무엇인가? 어디서 와서 어디로 가는 인생인가?

한 번쯤 묻지 않은 사람은 없을 것이다.

'인생은 어디서 왔기에, 어떻게 살아야 하나?' 하는 고민으로 남한강 다르래기(아신대의 다른 이름) 강가에서 신(神) 앞에 무릎을 꿇고 머리를 조아려 묻고 또 물었다.

영원토록 변하지 않고 썩지 않을 삶이란 무엇인가?

단 한 번뿐인 인생, 한 번밖에 없기에 더 간절하고 절실하다.

한번 가 보자. 한번 살아 보자. 한번 사랑해 보자.

인생은 누구나 길을 가며 시(詩)를 쓰는 것처럼 온몸으로 살아간다. 하늘과 땅이 만나 아름다운 노래 만들어 저 강물에 띄워 보내는 것처럼 그렇게 살아간다.

차마 떠나보내고 싶지 않은 님을 떠나보내고 살아왔다.

아물지 않은 상처, 추위, 바람, 더위에 숨죽이고 살아온 날에 봄별이 다가왔다. 얼마 만인가? 봄별은 그렇게 언제나 희망으로 곁에 소리 없이 다가와 친구가 되어 주었다.

천지 만물을 창조하고 너른 팔로 늘 품어 주는 그 품으로, 온 인류를 위해 골고다 언덕에 흘린 그 십자가 사랑을 따라 살아가 보련다.

그 길만이 영원하기에, 눈물 뿌려 가는 길일지라도 후회 없고 사라지지 않기에 이 길을 따라 무릎으로 시(詩)를 쓰고 삶으로 살아 내기에 작은 몸부림에 오솔길을 가고자 한다.

2024년 1월 25일 목요일

차례

♤ 시인의 말 6

1장 가을&겨울: 황혼 물들지라도
(2016년 11월 12일~2017년 2월 28일)

무인도 18
내일모레 수능일 20
성전을 헐라 21
발악(發惡) 23
응원 24
정의(正義)를 하수(河水)같이 25
첫눈 올 때 27
방황 28
꼭 이래야 하나? 29
나는 여행 중이다 32
野花今愛 2 35
野花今愛 3 36
野花今愛 4 37
희망을 꿈꾸리라 38
기다림의 끝 40
野花今愛 5 42
野花今愛 6 43
서럽도록 흰 눈 속에 피는 꽃 44
사랑하는 마음 있으면 46

사라지지 않는 불 47
팔다리 없는 인생 48
野花今愛 7 49
野花今愛 8 50
詩心 51
떡국 한 그릇 52
오호통재(嗚呼痛哉)라! 54
낯선 명절 56
광야에서 59
사랑으로 60
춘심(春心) 62
대보름달 64
기도, 한 줄 66
野花今愛 9 67
野花今愛 10 68
고향 찾은 동생 69
뿌리 71
아침 이슬 73
동창에 비친 빛줄기 74
나뭇가지 75
野花今愛 11 76
풀잎 77

2장 봄: 꿈꾸는 봄날

(2017년 3월 2일~2017년 5월 30일)

햇살 하나 80
들꽃 81

다시 잡은 붓 82
봄 길 모정 83
아멘! 84
처음 감사 85
野花今愛 12 86
野花今愛 13 88
옥상의 꽃씨 89
아! 세월호 90
봄 길 97
따스한 손 98
순교(殉教) 101
청춘(青春) 102
춘향(春香) 103
가상칠언(架上七言) 104
가끔 109
봄비 111
골고다 십자가 112
얇은 솜이불 114
부럽습니다 117
봄바람 119
비 오나? 120
어리석은 꽃송이여! 121
마음에 흐르는 강물 123
피다 시든 꽃 124
어버이날 다가오니 125
그리운 엄마 찾아 128
오월의 평창 130
어머니 손길 131
미련 132

그 이름 133
좋을 때 134
내가 살던 고향 135
완주(完走)자여! 136
검은 땅에 첫걸음 137

3장 여름: 꿈을 먹고 푸른 하늘로

(2017년 6월 7일~2017년 8월 31일)

닮지 않는 손 140
발자취 142
한 걸음 1 143
바람처럼 145
입추(立秋) 146
가슴 시린 모시옷 149
여름날 길어지니 151
고향 휴가 153
누가 먼저냐? 155
더위 한 자락 157
침묵, 깨뜨려야 할 때 158
가을 손님 160
가을 오는 소리 161
가을 벗 162
반길 수 있다면 163
길목 164

4장 가을: 가을, 설레는가?

(2017년 9월 5일~2017년 11월 30일)

사랑하는 사람과 166
너와 나 167
소중한 사람 169
향기 171
길은 어디에 172
두려운 일 173
가을 길 걸으며 174
태양 175
물처럼, 강물처럼 176
詩, 詩人 177
홀로 핀 꽃 한 송이 178
둥근달 떠오면 179
물음표 181
논길 182
깊어 가는 시월 183
대동(大同)수양관 가는 길 185
동창(東倉) 187
코스모스 188
가을 타는 인생 189
때 190
오늘도 행복합니다 191
논둑 192
투정 193
져야 하리, 꽃처럼 194
눈물 젖은 빵 195

숨결 196
계절 길목 197
지지 않은 꽃 198
익어 가는 가을처럼 199
바로 당신! 201
詩란? 203
아름다운 가을 205
가을 노래 207
단감나무 208
감사로 여는 하루 209
길이 길 210
견딜 수 있겠느냐? 211
그대의 두 손 212
野花今愛 14 213
침묵(沈默) 214
野花今愛 15 215
세월 216
좀 붙잡지 그랬어요? 217
길 떠나는 아침 218
12월 달맞이 219
바람, 바람 223

5장 겨울: 흰 눈에 발자국, 시린 마음에 뜨거운 정

(2017년 12월 1일~2018년 2월 28일)

野花今愛 16 226
가슴으로 답하라 227
알게 하소서 228

오늘 230
삭풍(朔風) 231
함께 가는 길 232
저무는 해 뒤안길 234
장미 향 236
다짐 237
일어나 239
눈길 하나 240
참 좋다 241
그 마음 어디 어쩌랴! 242
그 님 오시면 / 野花今愛 244
당신의 품 247
다녀간 자취 248
곧 오소서 249
별빛 따라 250
한 발걸음에 한마음 252
마음 한 자리 254
마음 줄기 255
내 양을 먹이라 256
후회할지 모르니 257
산책 258
새록새록 새겨 보는 마음 259
그대와 나 262
나이테 263
바람 265
한 걸음 2 266
살고 죽고 267
꿈꾸는 밤 268

첫발 269
부끄럽지 않으랴! 270
덕유산 등정(登頂) 271
웃음보따리 272
순간 273
짜장 80원 274
세미한 노래 277
들꽃 향 278
들꽃 만발하기까지 279
키스와 포옹 280
野花今愛 17 281
野花今愛 18 282
길입니까? 283
왜? 284
상처받지 않은 것처럼 285
얼마나 좋으냐? 286
호기심 287
갈한 목 289
광야 가는 나그네 290
선택 291
野花今愛 19 293
그리워하자 294
풀꽃 295
방황하는 그리움 296
쉬울까? 298
털장갑 299

6장 봄: 다시 피어나는 향기

(2018년 3월 2일~2018년 3월 17일)

꺾인 가지 302

野花今愛 20 304

기대 305

野花今愛 21 306

봄맞이 308

흔적 310

野花今愛 22 311

1장

가을&겨울: 황혼 물들지라도

(2016년 11월 12일~2017년 2월 28일)

어머니 윤금애

무인도

외로운 삶의 무인도에 갇혀 있는가?
그렇다면 너무 외로워하거나
낙심하지 말라

고개를 들어 하늘을 우러러보라
파란 하늘에 뭉게구름 있다면
행운은 그대의 것이다
희망이 끊어지지 않았다는 증거일 것이다

그리고 조용히 숲에서 나는
새소리를 들어 보라
그대에게 응원하는 친구들의 노랫소리다

코를 열어 꽃들의 향기를 맡아 보라
아직 그대의 마음에 사랑하며
살아갈 사랑의 샘물 흐르고 있다는 증거다

손을 내밀어 푸른 잎사귀를 만져 보라
촉촉한 기운이 그대를 반긴다면
그건 그대 삶의 의지에 대해

기꺼이 함께 길을 가며
가꾸고 꽃피우겠다는 약속일 것이다

가끔 한들바람 불어오면
바닷가 모래밭을 걸어 보라
아니면 강가라도 좋다
그러면 애인과도 같은 친구 함께 걸으며
아름다운 삶의 발자국 남기며
끝까지 같이 걸으며
꿈같은 이야기를 속삭여 줄 것이다

내일모레 수능일

붉게 익어 가는 가을
따스한 가슴에 손 내밀며
말을 걸어 옵니다

깊은 단잠 깨우던 봄날의 햇살 따라
꿈을 키워 온 나날들

이제 설레는 가슴 진정하고
봄부터 키워 온 소중한 꿈의 나래에
온기를 불어넣는 날

귀한 청소년들의 결전의 날
꿈의 나래 고이 펴서
창공 훨훨 날아오를 그날 되길
소망하는 마음
지는 낙엽에 물들입니다

성전을 헐라

아직도 땅에 있는 건물을 성전으로 착각하는
한국 교회 목사와 장로들 말만 듣고
성전에서 제사 드리는 기분으로
예배하는 가련한 교인들 많다

건물을 성전이라 해야
그럴듯하고 목사도 무게
좀 잡을 수 있겠지
예수의 말, 한번 들어 보자
"이 성전을 헐라! 너희가 하나님이 거하시는
성전인 줄 알지 못하느냐?"

아무리 하나님의 말씀이면 뭐 하랴?
이 땅에 보물 쌓고,
이 땅의 영광으로 몸 휘감고
무당 비슷한 굿을 하며
거기서 나오는 제물로 배불러야
등 따습게 잠잘 수 있으니

아직도 성전 건축하는 교회와 목사가 많다

예수 자신이 성전인데, 성전을 짓는다는 건
또 다른 메시아를 기다리거나,
다른 구세주 세우는 일이다

이래도 한국 교회는
화려한 성전 만들기에 바쁘다
나사렛 그 청년 보고 좋아하겠다!

발악(發惡)

바람이 부는가?
무슨 바람 부는가?

인간의 더러운 욕심에
기생하던 기생충들
살아남기 위해
시뻘건 눈을 번득인다

악이 종말 맞아 떠날 때
온 땅 뒤흔든다
발악하며 떤다

응원

세월 얼마나 흘렀기에
하늘 나는 기러기 보이지 않아
고개 들어 지난 자리 바라봅니다

가을 턱에 걸려 어쩔 줄 몰라 해도
넌지시 바라보고 너른 품
해맑은 푸른 하늘에
웃음 남겨 두는 님 계시니
용기 절로 나, 길 나섭니다

가을 깊어지기 전 머리 싸매며
수학의 불 밝혀
여백 채워 간 그대의 양어깨에
응원 보냅니다

지나다, 노란 은행잎이라도
길가에 떨어졌거들랑
님이 보낸 손길이려니 하구려

정의(正義)를 하수(河水)같이

이 땅에 공의가 물처럼 흐르고 있는가?
정의가 강물처럼 흐르고 있는가?
묻지 않을 수 없다

한국 교회 공의로운가?
한국 교회 정의 위에 서 있는가?
한국 교회 시대의 아픔을 외면하고
권력의 시녀로 그 권력이 주는 단맛 빨며
날이 새는 줄 모르고 있지 않은가?

하늘 영광 버려두고 이 땅에 오신 이,
이 시대에 무얼 보여 주고
어떻게 살라고 가르쳐 주셨는가?
주님을 따르는 건
하나님의 말씀 가르치는 자가 아니라
따르는 사람이다

평생 몸과 마음으로, 그 말씀 살아 내야 하고
온 마음과 정성으로 공허한 약속 아닌 걸
드러나도록 무릎 꿇고 또 꿇어야 한다

예수의 향기로운 삶 나의 삶 되고
향기로 드러나도록
몸부림하고 또 몸부림해야 한다

들에 있는 작은 꽃처럼 보아 주는 이 없어도
창조주 아름다움같이, 사랑자 품속에 두었던
그 향기 드러나도록
엎드리고 몸부림해야 한다
찢긴 몸, 상한 맘 될지라도

첫눈 올 때

첫눈 올 때
냉큼 달려온 당신의 발자취

새하얀 산길 건너 오두막집 화롯가
따스한 얘기 만들어 가는 아름다운 정경
또 하나 추억의 창고에
그려 놓았어요

밖에 나간 하늘 쳐다보아요
펄펄 내리는 눈송이
내 마음 닮은 눈꽃 송이
하나 있을 거예요

님의 흐르는 눈물 자국
탁한 내 마음자리 씻어 내고
다시 정한 눈으로 하늘을 볼래요

첫눈 올 때
흘리는 그 눈물
하늘 보은병에 담아 둔대요

방황

낙원에 있을 때 보이지 않았는데
낙원 잃은 뒤 희미하게
보이기 시작하는 건 어인 일인가?

칠흑같이 어두운 밤 깨우며
몸부림으로 매달려 기도해도
알 수 없던 일들 부러진 다리 절뚝거리며

만천하에 약함과 부끄러움으로
맞서고 나서야,
그 뜻을 깨달았네

거친 들판, 메마른 광야에
목말라 비틀거리며
손바닥으로 문질러 파낸 쓴 뿌리 들고서야,
광야에 흐르는 샘물
꿀맛임을 알았네

꼭 이래야 하나?

'스윽' "브루투스, 너마저!"
카이사르, 단검에 기나긴 여정
마지막 거친 숨 몰아쉬었다
로마의 황제 시대 열리다

위록지마(謂鹿之馬) 사슴 보고 "이건 말이야"
조고(趙高)의 농간(弄奸)에
통일된 중국 만리장성
진(秦)나라 사반세기도 지나기 전에 끝났다

탕! 이토 히로부미(伊藤博文)를 향한
대한건아(大韓健兒),
안중근 의사의 총소리 한 방
한반도의 살아 있는 청년, 기상 드높았다

타앙! 히틀러 권총 소리,
세계 사람들 지옥의
도가니에 밀어 넣고 스스로 머리에 권총 대지
않았는가. 처절하게 배운 건,
아! 도대체 인간은 누구인가?

인간의 바닥 모르는 잔인성,
눈물로도 구할 수 없는 약함, 무능함
너 죽고 나 살기 위한
눈치 싸움의 극치를 달린다
아! 인간 교만의 끝 여기구나!
살길을 찾아 머리를 들자. 하늘에!

탕탕! 평생 대한의 독립과
통일된 조국을 꿈꾸던
김구 선생, 민족의 염원인
조국 통일을 막으려 함인가?
평생 욕되어도 권력의 정상에 서기 위한
탐욕의 결단인가?

탕! 타탕탕!!
나는 짐승의 마음으로
유신(維新)의 심장 쏘았다
장군의 마음 그렇게 해야만
독재 끝낼 수 있는가?
자유 목말라하던 시대,
시민 시대의 주인공으로
자유, 평등, 평화, 행복의 시대 열었는가?

독재자(獨裁者)는 자기 혼자만 옳다
나를 반대하는 자는 악(惡)이다
독재자는 권력의 정상에서
스스로 내려오는 길
일부러 막아 놓고, 자신을 끝도 없는
벼랑 끝에 놓고 줄타기하고 논다

절대 권력은 절대 망한다. 그때가 언제인가?
들풀처럼 작은 바람에도 머리 숙여야 사는 법
일찍부터 몸으로 배워 온 터
봄볕에 머리 들고 꽃 피는 봄날
마음 설레 봄 마중하는 날 언제일런가?

나는 여행 중이다

나는 여행 중이다
특별한 계획도 없이 출발했다
무슨 기대나 소망도 없이 막연히 떠나왔다

처음 떠나올 땐 그리 나쁘지 않았고
간간이 만나는 새로운 세계는
가슴 설레게 하고
가끔 발길을 붙잡아 놓기도 했다

어디쯤 가고 있을까?
어디까지 가야 할까?
어느 방향으로 가야 할까?
딱 정하고 간 것은 없다
그저 발길 닿는 대로 갔다

딱히 갈 곳 정해지지 않았으나
그렇다고 길 막혀 있는 것은 아니다
사방에서 나에게 오라는 듯
손짓하는 것만 같다. 아무렴 어떠냐
그냥 앞으로 갈 수 있는 것만도

행복한 일 아닌가?

파란 하늘이 열리면 내 눈에
생기가 돌고 발걸음 가볍다
어디쯤 와 있을까?
가끔 나무 그늘에 지친 몸 기대도 보고
커다란 바위도 친구 삼아
맥없이 앉아 보기도 했다

거친 땅도 밟고 험한 도랑도 건너고
소낙비에 진창 된 질퍽한 땅도
힘겹게 지나왔다
가파른 언덕 너머 푸른 새싹 손짓하면
설레는 가슴 안고 한걸음에 달려가
시린 하늘 질투 나도록 얼굴을 비비며
꿈 많았던 어린 시절 만끽했다

가는 길 거칠어도 넓은 하늘 아래
오늘 걸어갈 수 있는 것만도
즐거운 일 아닌가?
좁은 길이라도 희로애락(喜怒哀樂) 있으니
기쁘지 아니한가?

가끔 비 갠 후 들판 사이로
펼쳐진 일곱 색깔 무지개
두 팔 벌리면 작은 꽃송이
티 없이 웃음 짓는 꽃망울에 달려가
함께 춤춰 봄이 어떠랴!
아직 고개 넘어가야 할 길 멀어도

野花今愛 2

저 너른 들판에
홀로 피어 있는
작은 꽃 하나

지금, 이 시간
조용히 다가와
웃음 지으며

다가오는 사랑 고백
향기로워라

* 野花今愛: 김영배 필명 야화와 어머니
윤금애 합한 말

野花今愛 3

저 홀로
핀 들꽃

지금
사랑을 고백하느라

파르르
꽃잎을 떨고 있네

野花今愛 4

홀로 있는
들꽃 하나

아무도 받아 주는 이
없어도

나는 지금
푸른 하늘에

향기 날리며
사랑을 고백합니다

희망을 꿈꾸리라

난 오늘도 할 일 있다
작지만 뒷동산에 올라 아낌없이
다 내어 주고도 올곧이 지는 해 지키는
가을 나무와 눈인사하는 거다

맨 먼저 새벽을 깨우며 동해에 떠오른 태양
살포시 내 가슴에 안아 보며
귓속말로 가만히 사랑을 고백하는 거다

오늘도 콧구멍 타고, 목구멍 너머
거친 숨 몰아쉬는 가슴팍까지
쉬지 않고 걸어가는 설악의 맑은 정서
상큼 달콤한 공기 있어,
난 너 때문에 행복하다

난, 오늘 희망을 희망한다
태양 보이지 않아 어두운 밤길
별 하나, 나 하나, 별 둘, 나 둘 헤아리는
설레는 작은 가슴 있어

희망의 종이배 저 둥근달에 매어 두고
길 잃지 않고 끝까지 사랑 찾도록
난 여기, 희망을 꿈꾸리라

기다림의 끝

은빛 사랑 하늘에 내리고
기다리던 메시아 기뻐하는 땅
사람들 마음속 은혜로 충만하도다

하늘 영광 버려두고 내려온 그 어린 예수
그 눈 마주친 사람들의 기쁨
산을 넘고 들을 지나 거대한 바다 건너
거칠고 어두운 조선 땅에도 임하였도다

어이 기쁘지 아니한가!
어찌 엎디어 경배하며 찬양하지 않으랴!

하늘 천사들 노래에 어울려
함께 덩실덩실 춤추고 싶지 않은가?
그대도 함께 나와 춤춰 보자
주를 맞이하는 그대의 마음
세상에서 줄 수 없는, 다함이 없는
기쁨과 평안 있으리

평안과 사랑의 왕 있는 곳

강물 같은 평화 흐르리
암울한 세상에 빛의 시냇물 흐르리
불의와 탐욕, 길 막아서지만
북풍한설 몰아쳐도
사랑과 진리로 끝내 이기리

하늘에는 찬양과 영광,
땅에는 위로와 평안,
사랑과 기쁨의 강물 흐르리라

野花今愛 5

흰 눈 내리는
쓸쓸한 들판에

떨리는 몸짓으로
향기 발하는 붉은 꽃

지금 길 가는
나그네 가슴에

사랑,
꽃처럼 피어납니다

野花今愛 6

하늘과 땅
곱게 만나

저녁노을
붉게 물든 들녘

찬바람일지라도
붉은 꽃 향
천지에 은근히 날리니

지금 여기
사랑의 꽃망울
터뜨립니다

서럽도록 흰 눈 속에 피는 꽃

하얀 눈 속에 피어난 꽃
붉고도 서러워라

무슨 사연 가슴 깊이 묻었기에
어이하여 북풍 찬바람 몰아치고
잔설을 머리에 이고도 서럽게도 아름다운가

긴긴 겨울밤 이겨 낸 얼굴의 볼
붉고도 아름다운 건
모진 인생 풍파도 꺾을 수 없는
님 향한 순결하고도 가슴속 깊이 간직한
숨길 수 없는 사랑의 고백이리라

시린 바람, 차가운 하늘 아래도
성실을 식물 삼아 걸음마다 온유와 사랑으로
고운 인생 향, 만들어 가는 그대

내 마음에 그리운 정 일깨우는
하얀 눈 내린 아침 마당 가 파랑새 한 마리
차가운 바람 불어 입과 귀 시려도

양 볼에 붉은 웃음꽃 피는
그대를 사랑하리라

사랑하는 마음 있으면

사랑하는 마음 있으면
문 열고 들어온 시인(詩人)

들에 홀로 핀 꽃 한 송이
마르지 않은 시내 되어
시인의 마음에 흐릅니다

들풀 같은 푸른 시(詩) 자락에
잠시라도 머물 수 있는 당신이라면

어두운 밤에도
그대, 사라지지 않는
빛나는 별입니다

사라지지 않는 불

천지 밝히던 불 어디 있었을까?
화염검 두려워 낙원 떠나야 했던 그날
발걸음은 길 잃은 광야

부싯돌 부딪쳐 밝힌 등불
꽃피는 봄바람에도 천둥, 번개
몰아치는 검은 칠월의 비바람에도

붉고도 달콤한 열매 맺어 두고
고요히 땅바닥 뒹구는 맑은 가을바람에도
함박눈 내리는 장독대
진눈깨비 젖어 드는 앞마당
사라지지 않는 것 불태워 본다

때론 수장되는 물길에,
때론 장작더미 한가운데,
던져지는 화형(火刑)에,

때론 정처 없이 나라 잃고,
고향, 친척 떠나 영원을 이어 갈
사랑의 불, 태워 보리라

팔다리 없는 인생

팔다리 없는 인생
당신이라면
세상 살아갈 만하겠습니까?

팔다리는 물론 눈과 입 있으니
이 얼마나 다행이고
고마운 일입니까?

세상 어둡다 해도 바람 부는 광야에
작은 등불 밝히며 푸른 하늘
바라볼 수 있는 여유를 갖는다면

비록 길 좁을지라도
이 얼마나 살아갈 만하고
행복한 일이겠습니까?

찬바람 부는 거리
종이 줍는 할머니에게 함께 살아가는
따스한 눈길 보낼 수 있다면,
아! 이 얼마나 다행이겠습니까?

野花今愛 7

허허벌판에
작은 꽃 한 송이
생명의 물줄기 찾아

마르지 않는
사랑의 샘으로
지금 흐르리

野花今愛 8

하얀 눈 내린
들에 핀 꽃 한 송이

외로움 접어 두고
지금 사랑으로
길 열어 갑니다

詩心

詩라
흐르는 시는
시인(詩人)의 마음이요

향기로운 시는
시인의 사랑이라

돌 틈 지나 숲 헤치며
지나는 강물
갈증 난 마음 던지리라

돌 틈 미끄러져
울창한 숲 품어
갓 나온 시심(詩心)
반겨 마중하리라

떡국 한 그릇

설악에 흰 눈 내리고 나그네 갈 길 멀고
저 멀리 고향 푸르른 언덕 다정한 저녁연기
함박눈 속 피어난 매화꽃 찾는다

넘기도 힘들고 고개도 가팔라
가는 길에 친구들 어디 있나?
넘지 않고 갈 수 있다면 가만히 지나고 싶은데
내 마음의 작은 바람 둘 곳 없어
염치없이 설빔 길거리 서성였다

맘 둘 곳 없는 나그네 부여잡고
설 떡국 먹고 가라 하니 그 훈훈한 정
얼어붙은 마음도 녹여 놓는다

때 되면 잊지도 않고 찾아오는 세월의 날개
접지도 않고 날아오르니
눈 속에 핀 꽃 한 송이 보여 주구려

어찌하면 세월 동아줄에 묶어 둘까?
따스한 떡국 한 그릇에

가만히 풀어놓은 동아줄 헐렁하구나

* 어떤 성도의 떡국 한 그릇에 감사하며

2017년 1월 24일 화

오호통재(嗚呼痛哉)라!

요즘엔 햇볕 없이도 꽃 피고
꽃 피지 않고 열매 맺는 일도 허다하니
오호통재라!

떡국 먹은 일 없되
나이는 한 살 더 먹었다 하고
보내지 않으려 단단히 묶어 둔 동아줄 녹슬어
흐물거리니 오호통재라!

거짓과 불의와 탐욕으로 도도히 흐르는 강물
더럽히며 신을 찬양하는 무리 있으니
오호통재라!

숲속 작은 새소리에 놀라 돌부리 채이며
길 열어 가는 시냇물 애틋한 정,
이끼처럼 쌓이기 전 무심히 떠나가는 님
아직 보내지 못한 맘 애타니 오호통재라!

선잠 깨 뿌연 안개 낀 언덕에 올라
푸른 광야길 함께 가며 다시 새겨 볼

사랑의 씨줄 날줄 엮어 가자 하니,

얼어붙은 마음 겨울 햇살에 깨워 볼까나

낯선 명절

설 전날 정오 뉴스다. 경부선, 호남선,
고속버스터미널 모두 선물 보따리 바리바리
손에 든 사람들 마음 분주하다
눈에 띄는 서해안고속도로
서평택 부근 서해대교가 눈에 띈다
평소에는 저 길에 들어서서 어떻게 가나 하며
들떠 있었는데….
다른 때 같으면 설 명절 전에
몇 번이고 어머님 전화가 왔었다
이번 설에 내려올래?
떡국이라도 함께 먹게 내려와라
그게 바로 이때쯤이었는데…
그렇게 다정한 목소리 두 귀에 들리는 듯하다
아무리 기다려도 어머니의 사랑스러운 목소리
저 멀리 떠나가 더는 들을 수 없다

며칠 전부터 고향에 내려간다는 설레는
마음 있으나 이제 찾아갈 고향이 없다
천 리 길 한걸음에 달려가고,
아무리 멀어도 가는 길,

차량으로 밀리고 밀려도
찾아갈 이유 있었는데,
이제 반겨 줄 그 넓은 가슴
그 정겨운 어머니 얼굴, 이제는 찾을 수 없다
다 셀 수도, 다 헤아릴 수 없는 큰 사랑,
마르고 닳도록 쏟아 낸 희생,
객지에 떠나보내고
하루도 잊지 않고 새벽마다 기도하시던
그 정성의 손길 이제 그 어디 가서 찾아보나

그립고도 그립구나,
어머니의 그 정겨운 목소리
이렇게도 속히 마음에 시리도록
그리워해야 할
얼굴로 남고 말다니 아! 아직 못다 한 말
아! 아직 못다 한 정성 남아 있는데…

아! 어머니 사랑, 그 은혜 크고도 귀하다고
항상 잊지 않고 마음에 새기며 그 정성,
그 큰 사랑 감사하고 있다고
아직 다 말도 못 했는데…
그 초라한 몸, 그 힘없고 가늘어진 다리
그 한없이 다 쏟아내 놓아 지치고 마른 얼굴

한 번도 안아 드리지 못했는데…

찬 서리 맞으며 기나긴 밤, 천 일을 하루같이
집 떠난 자식들 기다리신 어머니!
사랑하고 사랑합니다
동지섣달 긴긴밤
오직 자식들 오기만 기다리며
설빔 준비하느라 분주하시던 어머니!
사랑하고 진정 사랑합니다

기다리고 기다리던 그 마음
다 헤아려 드리지 못해
죄송하고 죄송합니다. 한 번도 맘 편히 웃도록
하지 못해, 맘껏 아들 자랑거리 되도록
해 드리지 못해 미안하고 죄송합니다
어머니! 들리지요? 아들 목소리
하늘나라에서 편히 쉬세요
참 좋으신 나의 어머니! 사랑하고 사랑합니다
보고 싶습니다. 어머니!

* 고향에 갈 수 없는 섣달그믐에
2017년 1월 27일 금

광야에서

바람이 차다
긴긴 겨울 북풍 아니라도
어찌 이리 추운가?

정의가 왜곡된 거리
거대한 나무 십자가 지고 가는 무리
찬양에, 거룩한 이름 빌어 기도까지
침 튀기며 목청 높이니
그 하나님 어디 있는가?

길과 진리와 생명이라 했던가?
그는 누구인가?
여전히 광야에 길 찾고
십자가로 십자가 대적하니
메시아 앞에서 선 너는 누구냐?

진리가 무엇이냐?
침묵으로 대답하던 그 청년
어느 광야길 걷고 있을까?

사랑으로

아침잠 깨어 콧구멍 하나로
숨 쉴 수 있다면, 기적입니다
가물거리는 희망 끌어안고
애타며 노력할 수 있다면, 은혜입니다

아름다운 노래 듣고 희미한 감동에 어깨춤
출 수 있다면, 물안개 오르는 봄 동산에
피어나는 향기 나는 꽃입니다

조용한 시골 메마른 나뭇가지
홍시 남겨 둔 할머니 마음에
가만히 하늘 쳐다본다면, 눈물 젖은 정입니다

겨울 오후 폐지 줍는 할머니 굽은 허리
다하지 못한 사랑 때문에
아파하는 마음 있다면
빈 땅에 심긴 푸른 나무입니다

눈 덮인 호수에 앉은 태양 바라보다
떨리는 마음 인다면,

당신은 행복에 취한 사람입니다
타는 마음으로 그리운 사람
그리워할 수 있다면, 그것은 사랑입니다

춘심(春心)

문 두드리는 소리에 문밖 나가 보니
기다리던 봄
남녘의 맑은 웃음 머금고 서 있구나

덜컹거리는 소리에 손 내밀어 뒷문 열어
장독을 살피니 배불뚝이 항아리 놀려 대는
하얀 함박눈 팔매질 매섭구나

님아! 성큼 다가와 눈웃음치는 봄 처녀 유혹
님 그리는 부푼 가슴에
장난기 어린 봄눈 투정 낙심 말아라

춘정 젖가슴에 가득 품고
꽃눈 내리는 봄 동산
님과 함께 사랑 노래 부를 그날
그 누가 막을 수 있으랴!

한 걸음 한 생각, 한 걸음 기쁨 하나
겨울바람 심술에 게으른 봄 오는 소리

몸과 마음 따뜻한 정 가득 품어
봄 향 가득한 나물 어색한 웃음
함께 눈 맞추면 좋지 않으리오?

대보름달

둥근달, 대보름달 너른 벌판 지나서 동네
구석마다 산허리 둘러 떠오르면 온 동네
노란 물감 뿌려 놓아
들뜬 마음 등불 하나씩 켜 놓는다

초가마다 분주한 어머니 손길
허름한 굴뚝 게으른 솜씨로
어설픈 그림 울타리 넘는다

여름내 뙤약볕에 말리고 또 말려
시렁에도 두고, 처마 밑 대충 달아 두었던
호박나물, 고구마나물, 고사리나물
아! 가슴팍 파고드는 냄새

깡통에 대못 박아 구멍 뚫고
전화선 줄 매달아 뒷동산으로 나가면
고단한 민둥산 어깨에 벌써 불난다

보름달 동각 위에 올라오면 주인 없는 볏짚
불을 켜고 작은 깡통 하늘을 돌리면

넓은 들 불꽃놀이 밤새는 줄 모른다

시들한 둥근달 밤이슬 젖으면 동네 강아지
괜한 소리 지르고 엄마 냄새
그리운 장난꾸러기
어스름한 초가집 문 없는 대문 달려든다

잠들지 않는 달콤한 오곡밥 냄새
엄마하고 마당 뛰어드는 철없는 아이
발뒤꿈치 바라보는 보름달 미소
날 새는 줄 모른다

기도, 한 줄

하늘이여, 들어라!
땅이여, 귀를 기울이라!

목젖이 튀어나오도록 외쳐 대도
깊은 밤 깊은 숲 일렁이는 파도

절망의 바위에 무릎으로 샘을 파
마르지 않는 샘물 기다린다

다 마시고도 남아야지
나귀에게도 시든
한 송이 꽃에도 나누어 주어
향기로 코끝 진동하게 해야지

애통해하는 마음으로 무릎 꿇어
열린 하늘 바라본다
마르지 않는 샘
가슴 적셔 주는 샘
광야 지나도록 하늘 두드린다

野花今愛 9

아직 눈 덮인 들판
봄볕 기다리는 아낙

아직 실눈 뜬 강아지 같은
어린 새끼 때문에

지금도 여물지 않은 사랑으로
아지랑이 오르는 거친 들녘
기어이 춘향(春香) 길어 냅니다

野花今愛 10

겨울잠 자는 벌판
선잠 깨어 빠끔히
내다보는 눈길 하나

기나긴 겨울밤 밝히느라
시들지 않는
동백의 붉은 허리

올봄, 기다리다, 기다리다
온몸 땅에 던져
오실 님 앞, 길 밝히네

사랑이라. 사랑이라
피처럼 붉은 사랑

고향 찾은 동생

어머니만 없지 모든 게 그대로인 정든 고향
그래, 그래도 아직 고마우신 어머니의 정
이곳저곳 남아 있어,
널 반겨 주니 감사하구나

하루에도 봄 햇살 같은 어머니
그 모습 눈앞에 아른거리고
언제든 고향 찾으면 방문 열어 '오냐?' 하며
온 맘으로 반겨 주시던 그 모습,
그 음성 들리는 듯하구나

어머니와 거리 멀리해 두고서도
아무 일 없다는 듯 시치미 뗀 무심한 세월
마음 아려 오는구나

고향의 어머님 살아 계신 것처럼
그리울 적마다 다시 생각하는 나그네 인생길
하루도 잊지 않은 고향길

어머니 산소 살피고,

여동생 오면 깨알 같은 시간 갖고
추억 속에 잠든 모닥불도
함께 깨워 보려무나

마당에 파랗게 자란 봄나물
뽀얀 얼굴 내밀고 있다면
아마 나도 너희 모닥불 속
이야기 함께하겠지

뿌리

무시하지 마라
비록 조그만 꽃이라도
나도 땅덩어리에 뿌리박았다

업신여기지 마라
돌 틈에 온몸 비틀어져 있어도
마음만은 하늘을 향하고 있다

누구의 눈길도 받을 수 없어
외로울 거라 착각하지 마라
보잘것없어도 이 땅에 보낸 이
사랑에 매달려 있다

항상 어두운 데 있다고
더럽다고 생각하지 마라
낙원 향해 얼굴 내미는 순간,
생각만 해도 아찔하지

안 보이니 놀고 있다고 착각하지 마라
비록 어두운 땅 일구고 있으나

뙤약볕 견뎌 낸 꽃송이 얼굴 떨굴 때
달콤한 열매에 마음 녹으리라

아침 이슬

작은 뿌리 하나에도
소망이 있어요
간밤에도 잠들지 않은 꿈이에요

하늘 향한 맑은 꿈
사랑하는 님 향한 지친 나래
오래 두어도 사라지지 않은 꿈
밤에만 매달려요

긴긴밤 어둠에 얼굴 묻고
하늘에 닿기까지 두 팔 들어
온몸으로 받아 냈어요

소박한 꿈의 나래 모아
광활한 사막 정원에
죽은 듯 내려놓아요

작은 꿈 담은 뿌리
갈증 난 목구멍 타고 내려갔어요
모래알에 꽃 피는 그날 꿈꾸며

동창에 비친 빛줄기

거친 땅에
밤새 머리 박은 뿌리 덕에
동창에 비친 빛줄기
이다지도 찬란합니다

비록 게으른 아침
어두운 땅에 뿌리내려도
찬란한 아침 햇살의 눈동자
마주한 가슴은

설레어
처음 가는 새벽길
맞이합니다

나뭇가지

지나는 길에
턱, 어깨를 쳐요

뒤돌아보았죠
보잘것없는 흔한
여린 가지

우린 길 지나며 만난
오랜 친구였어요

하늘 햇살에
어깨 맡긴 나무
나의 친구였어요

그냥 웃으며
걸었어요

마음의 정원에
함께 걷고 싶어요

野花今愛 11

남해 일렁이는 파도에
메마른 가지 위 피어난
수줍은 매화꽃 향기

기나긴 겨울 산 넘고 돌아
아랫녘 마른 언덕배기 눌러앉아
새파란 풀잎 하나 틔워 놓는다

끊어질 듯 끊이지 않고 이어지는
무정한 겨울바람에도
서럽도록 끊어지지 않아

엊그제 문지방 다 닳도록 넘나들던 그 발걸음
새벽 여느라 여념 없는데
찬 이슬에 떨고 있는
아직 손 곱은 여린 새싹 위해

언 손등으로 뜨겁게 달궈 낸
어머니 보리 밥상 그리던 봄 문턱 사이
찢어진 동창(東窓)에 기웃거리누나

풀잎

밤새 서릿발 붙들고
씨름하다
지구 한 바퀴 돌고 돌아
헐떡이는 숨결에

청아한 미소
새 아침 여는 풀잎
반갑구나

비록 가까이 다가가지 못해도
넌,
내 가슴 붉은 심장의 고동

시린 겨울 마다치 않고
견뎌 낸 멍든 몸뚱어리
가는 햇살에 떨어 웃누나

2장

봄: 꿈꾸는 봄날

(2017년 3월 2일~2017년 5월 30일)

어머니의 부엌

햇살 하나

갓 나온 3월의 부끄러운 빛깔로
내게 사랑 고백한 건가요?
받을까, 말까?

2월의 시린 바람결
피어난 버들강아지 솜털로 품어 낸 소망

새초롬한 얼굴 처음 만든 에덴의 봄날
맞이하게 합니다

북풍한설 거친 눈보라에 꺾지 않고
품속에 깊이 묻어 두었던 당신의 사랑

낯선 봄 길, 때 이른 산책에
설레는 복슬강아지처럼
행복의 물결에 젖은 내 마음

뿌연 하늘 걸려 있는 메마른 가지
아직 꿈꾸는 여린 새싹
아침 이슬 맺힌 햇살 하나 달아 둡니다

들꽃

아직 설익은
봄 언덕

흩뿌리는 눈발 투정에
흔들리는 봄꽃 하나

그래도 봄 향기
코끝을 적신다

아!
이거지

다시 잡은 붓

다시 붓 잡은
떨리는 손길에

게으름 피우다
북풍에 밀려온
가느다란 봄볕

길은 멀고
발걸음 더뎌도

반갑구나!
나의 친우 일다

* 다시 그림을 시작하는 홍표 형의 즐거움에
기쁨 하나 보태며
2017년 3월 4일 토

봄 길 모정

봄은 마음의 고향인가 봅니다
울 어머니도 봄날을 그리워했겠지요

질긴 추위 이겨 내고 봄 향기 가득 담아
예쁜 모습으로 봄 언덕배기 피어나는 봄나물
인자하고 한없이 정겨운
울 엄마를 닮았나 봐요

봄은 기다려 주면 오지만, 님 떠나면
찾아갈 곳도 없게 됩니다
설익은 인간이기에 그리워하고 애간장 탑니다

그리운 어머니 손 뻗으면 닿을 곳에
있다는 건 은혜입니다
부족한 사랑 아직 모자란 정성 담아
곱게 드려야겠지요

시간이 안 되면 시간 만드신 이에게
부탁해 보시면 어떻겠어요?
찾아갈 님을 향해…

아멘!

아!
내가 꾸미지 않은 하늘
내가 짓밟아 척박한 땅
내려왔다면 은혜요,
아멘!

아!
하늘 문 다 닫히기 전
기도의 품속에 두었던 씨앗,
뿌리기만 하면
영원히 거둘 걸

약속하신 이의 미소
내 품에 흔적으로 남겨 두니
아멘!

처음 감사

누군가에겐
오늘이 기적의 내일이었지요
송파 세 모녀에겐
내일이 없는 오늘이었을까요?

누군가에게 처음인 하늘 바라보기,
난 매일 봅니다
누군가에게 처음으로 화장실 가는 것,
난 매일 기적입니다

누군가에겐 처음으로 숟가락 잡고
제 입에 밥 넣는 것, 내겐 매일 기적인데,
기적이 매일 되니
기적은 감동을 잃었지요

다시 처음 맞는 하늘에 감사를 배우며
쉼 없이 뛰는 심장 속으로
하나님 대신에 나의 삶에 찾아온
그 님께 감동의 인사를 전합니다

野花今愛 12

아직 너른 들 찬바람 낯설지 않아
온 동네 골목길 휘돌고 돌아
장독대 서성일 때
주인 없는 앞마당에 이른 생경한 남풍
정다운 봄꽃 밝혀
아지랑이 같은 기쁨 찬란한데
이른 아침 깨운 어머니 손길
스치고 지난 꽃망울 어디를 향하는가

여섯 자식 하루도 잊을 길 없어
밤이면 밤마다 차가운 방바닥 비벼 대다
굳어 버린 허릿살에
늘어진 긴 밤만 탓하는 어둠
얄밉지 아니한가

아무도 지키지 않은 헐렁한 방구들 차디차도
못난 자식들 향한 그 사랑 어디에 있기에
아직 여린 내 가슴
왜? 뜨거운 호흡 토해 내나

아! 마음속 今愛 숨결 꿈처럼 생생한데
앞마당 봄꽃 반겨 복덩이 같은 자식들 그리던
마른 손길은 그 어디서 찾는단 말인가

野花今愛 13

봄바람 훈훈한
어루만짐 하나에도

봄소식 물고 오는
봄나물에도

봄 처녀 오는 길에
연분홍 치마 입고
반기는 길목에도

어머니 사랑 스치지 않고
오는 것 없어라

봄 뜰에 선 꽃 한 송이
봄 사랑에 온몸으로
깨어난다

옥상의 꽃씨

보입니다
하늘이 없는 도심의 밤에도,
보입니다
꽃씨 심는 그대

언 땅도 안고 가고
못난 땅에 거름 뿌려 땀방울에 알알이
달콤한 머루랑 다래랑 달아 둘
꿈을 심습니다

상추랑 고추랑 토마토랑 심는 손에는
메마른 땅에 마르지 않는
생수를 펴 올리는
정겨운 별 있습니다

나도 지나는 길에
공허한 세상 같은 옥상에
가끔 마른 목 축이러 갈래요

아! 세월호

커다란 입을 벌려 한꺼번에
축구장만 한 세월호
단원고 2학년 학생들의 수학여행
꿈을 싣고 가는 세월호
다시 돌아올 수 없도록
맹골수도(孟骨水道) 깊숙한 곳으로
삼켜 버리고 시치미 떼는 고요한 바다

"가만히 있어. 나가면 더 위험해."
점점 기울어
죽음의 그늘이 거짓의 속셈을 감추고
달콤한 혀 봄 싹처럼 맑고 청순한
우리의 아들딸을 드디어 속이고 말았다
"에이씨, 나 죽기 싫은데 어떡하냐!"
객기 부리는 성난 어느 남학생의 거친
저항의 소리를 조롱하듯 서서히 바다 깊은 곳
다시 못 올라올 곳으로 끌고 갔다

아침밥 먹다가 TV 통해 전해 오는
참담한 광경은

잠시 숨소리마저 빼앗아 갔다
아니 배는 기우는데
왜 갑판에 사람들이 없지?
어디 간 거야? 아니, 저렇게 많이 기울었는데
아무도 밖으로 나오지 않았어? 아! 큰일 났네

저 안전한 땅 진도의 아름다운 섬들이
두 팔 벌려 어서 오라고
기다리는데 구명조끼만 입고 다시 올 수 없는
항해를 계속하는 배 안에 그냥 머물러 있다니!
아니, 나오면 위험하니
그냥 배 안에 있으라니!

조금 후 탑승객의 생명과 재산을
최우선 지키고 보호해야 할 선장과 선원들
거대한 종말을 피해 달아나는
들쥐 떼처럼 꾸역꾸역 도망 나오다니…

"살려 주세요." "나, 죽고 싶지 않아요."
"엄마! 보고 싶어요. 아빠! 도와주세요."
이 절규, 목소리가 떨린다
"조금만 기다리면 곧 구조대가 올 거야!
침착하게 가만히 있어."

선생님 말씀에 언제나
순종하는 착한 학생들은
모두 한없이 기울어져 가는
세월호를 지키고 있었다

몇몇 '차카게 살자'를 잠시 접어 두고,
바다에 빠지면 수영해서라도
저 잔잔한 섬들에
가리라고 과감하게 갑판으로 올라온
꾀 많은 학생
아이러니하게도 아무도 죽지 않고 살아나와
부모, 형제, 이웃과 친구들에게
큰 기쁨 되고 눈물 되었다

1,073일 하루도 눈물 마를 날 없었고
목이 부어,
한 번도 속 시원히 음식을 목구멍에
넘길 수 없었고, 가슴이 시려,
한 번도 따뜻하게
넉넉한 웃음 웃지
못했는데, 국민의 애타는 그 마음 알았는지
깊은 밤에도 목 놓아
검은 바다 향해 소리치며

불러 본 그 외침을 들었는지
1,073일 만에 그 단단한 바다를 뚫고
기어이 행복한 세상에 다시 올라온 세월호!

가슴 먹먹하다
입맛이 없다. 사는 재미 없다
우리가 이 땅에 사는 의미가 무엇인가?
숨죽여 묻게 된다
네가 사는 것이 사는 것이냐?
네가 걸어가는 것이 길이냐?
네가 숨 쉬는 것이 너만을 위한 숨소리냐?

아직 마르지 않은 눈물 있다
아직도 불러야 할 이름이 있다
남들은 세월 가면, 잊어도 우린 잊을 수 없는
이름이 있고 애타게 불러야 할 사랑 있다
내 사랑은 죽었어도
생명과 정성으로 불러야 할 이름이 있다
상처뿐인 세월호. 파도에 쓸리고 부대끼고
수색하는 여러 손길에 이지러지고
구멍 뚫린 상흔 가득한 배
마치 흉물처럼 떡 우리 눈앞
가로막고 서 있다

"우린 유족이 되는 기쁨을 누리고 싶어요.
제발 우리의 소원을 들어주세요."
망망대해(茫茫大海)에 떠다니는 주검을,
푸르고 사나운 파도에 찢기고 상했을지라도
내 너를 안고 웃으며 집으로 가리라
어서 올라와라
우리 가족이 아직
푸른 꿈으로 널 기다리고 있다
어서 올라와라, 함께 가자
어서 가자, 집으로!
마치 아직 살아 있는 것처럼,
아직 잡은 손이 식지 않은 것처럼 아직 함께
꾸던 그 꿈을 펼쳐 나갈 것처럼 얘기한다

누구는 이제 세월호 잊자고 한다
누구는 장사가 안 되니 그만 얘기하자고 한다
누구는 외람되게 죽은 자식으로 돈벌이하려고
한다고 시린 가슴에 빼지 못할 못을 박는
간(肝)이 부은 자들도 있다

잊으라면 잊을 수 있겠는가
그가 당신의 딸이요, 아들이요,
남편과 아내라면!

잊으라면 잊겠는가?
진정 당신이 부모, 형제,
사랑받은 사람이라면!
잊으라면 잊겠는가?

그래도 꽃 피는 이 땅을 만들고
당신의 심장에 피를 쉼 없이
공급하는 생명의 하나님
은혜 입은 인간이라면!
다시 이 땅에 대량으로 죽음에 밀어 넣는 일
없기 위해서라도 잊으면 되겠는가?

이제 희망을 접고 절망의 바다로 달려가는
저 사람들 우리 땀과 조금은 짠 눈물로
희망의 노래에 달려 나와 함께 살 만하다며
소박한 미소 짓기까지,
잊으면 되겠는가?

백 년이 가고,
천 년이 가더라도 잊지 말아야지
이 절망의 땅에 생명의 꽃 피기까지,
슬픔 누를 길 없어 허공에 매달아 둔 두 눈,
저 시들어 버린 가슴들

촉촉한 사랑의 눈물로 젖기까지,
천년만년 잊으면 되겠는가?

* 2017년 3월 25일 토

봄 길

봄 언덕을 사뿐사뿐 넘어오는 봄 처녀
풀 냄새 풍기는 길 내고
맑고 고운 하늘의 꿈
가슴에 한가득 날아올라

동백꽃 붉게 물들고
홍매화꽃 아낙들의 설레는
가슴에 피어나라

아직 봄 마중 못 한 나그네
코끝 자극하는 님의 향기 어디 있기에
마음 졸이게 하나

님 보이지 않아도 그리운 얼굴
아직 하얀 눈, 머리에 이고
찬바람 낯설지만, 그대 내 맘 동산에
지지 않은 꽃

따스한 손

한국 최고의 거리 명동
항상 사람들 최고의 멋
자랑하고 으스대며 걷는 길거리
여기 한 소년 신문을 팔고 있었습니다
화려한 불빛, 휘황찬란한
사치의 물결 일렁입니다
가난한 소년을 반겨 줄
마음의 여유 가진 사람은 없었지요

소년은 점점 지치고 목이 말라 갔습니다
소년은 신문을 팔아
검정고시 준비하고 있었습니다
다리가 아프고 지치고 힘들어
이곳에서 포기하고 그냥 돌아가고 싶었습니다
왜냐하면, 신문 한 장도 팔지 못했기 때문이죠

그래도 꿈을 포기하면 안 되지!
한 번이라도 더 문을 두드려 봐야지 하며
소년은 어느 빵집에 들어갔습니다
어느 한 사람도 눈길을 주지 않았습니다

그래서 그냥 돌아 나오려고 하는데
어떤 신사 한 분이 불렀습니다

그분은 신문에는 관심이 없고
소년에게 손을 잡고 바로 앞 의자에 앉으라며
빵과 우유를 시켜 놓고
다짜고짜 그냥 먹으라고 했습니다
약간 늦은 저녁이라 시장한 소년
잠시 신문을 내려놓고
빵과 우유를 먹고 잠시
고단한 몸을 쉬었습니다

소년은 맛있게 먹고 그 신사에게 감사 인사
한 후 다시 신문을 들고
따스한 손의 식지 않은
여운 가슴에 품고 어두운 밤길 달려갔습니다
하지만 다시는 명동으로
신문 팔러 가지 않았습니다

가난한 불빛이 켜져 있는 동네에 가면
거칠고 깔깔한 손을 잡아 주며,
신문을 말없이 사 주고,
어느 겨울 저녁에 빨간 불 켠 집에서는

따뜻한 보리차를 따라 주며 힘내라며
말없는 응원을 보내 주기도 했습니다

그렇게 밤은 깊어 가고 다시 봄꽃이 피어
갈 길을 밝히는가 하더니
후에 이 소년은 열심히 공부해서
검정고시로 중고등학교 졸업하고,
대학교까지 졸업하고 나중에
천국 복음 전파를 위해 목사가 되었습니다
이 소년은 우여곡절을 겪고 난 후
그리스도 예수의 향취 드러낼
맘 졸이는 들꽃 되었습니다

순교(殉教)

숨소리 하나둘 모아
가시밭에 피는 꽃을 만들고

하늘에 맹세코 다짐한 마음
검은 땅에 묻고

광야의 목소리로 목 놓아 울어
메마른 땅에 숲을 이룬다

붉은 꽃보다 더 붉은 피로
길 닦아 생명이라 쓰고
사랑이라 부른다

생명을 마디마디 죽음으로 살아가
하늘과 땅에
짙푸른 바다에 사랑을 뿌려 두고
만대에 진리라 부르리

청춘(靑春)

바람 타고 갈래?
꿈을 매고 갈래?
우린 눈만 마주치면 산을 타고 강을 달린다

청춘, 광야에 길을 만들고
길마다 꽃을 피우고
꽃에 향기를 불어넣어 창공을 난다
천리가 한 걸음이요
만리가 눈앞이다

청춘, 만나는 가슴마다
깊은 바다에서 막 꺼낸
불덩어리 하나씩 심어 두고

맨발로 지평선 향해 달린다
용기와 꿈의 나래를 펴 수평선을 넘는다
넓고도 깊은
길고도 높은 사랑을 향해

춘향(春香)

아직 게으른 뒷동산 언덕에
찬바람 갈 곳 찾아 이리저리 휘몰고

정겨운 고향의 꽃, 앞마당의 진달래꽃
환하게 웃고 있는데

한 송이 동백 함께 맞이하던
옛사람을 그리워함인가?
어찌 저리도 붉어 그리운 고향 감나무
곁을 지켜, 봄 향기 발하나?

올봄, 이렇게 사무치는 꽃향기,
봄노래 서로 어울려
저 홀로 주인공인 듯하여라

나그네 인생이기에
지나고 나면 언제나 그리움 뒤를 따라와
가슴에 지지 않는 춘향으로 머물리라

가상칠언(架上七言)

가상칠언(the Seven Words)이란?
예수께서 십자가에 못 박혀 숨을 거둘 때까지
한 말씀 예수의 시간 따라 보라

1. "아버지여! 저희를 사하여 주옵소서
자기의 하는 것을 알지 못함이니이다"(눅 23:34)

십자가 처형은 로마인에게는 쓰지 않는
사형 형틀이다. 이방인 그것도 가장 흉악한
죄인에게 내리는 형벌이다. 역설적이게도
그는 죄가 없다. 원죄(original sin)도 없다
그는 저들의 죄, 자신을 십자가에 못 박는
사람들, 십자가에 못 박으라고, 동의하고
소리친 사람들을 용서해 달라고
눈물로 호소한다
우리도 예수를 몰라 그가 바로
우리의 죄악 위해 십자가에 달리신 것에
양심의 가책 느끼지 못한다

2. "내가 진실로 네게 이르노니

오늘 네가 나와 함께 낙원에 있으리라"(눅 23:43)

함께 십자가에 달린 두 강도가 서로
예수를 비난한다. 하지만 한편 강도 양심에
가책 느끼고 다른 한편 강도 책망한다
예수는 그를 향해 오늘 나와 함께 낙원에
있으리라고 한다. 누구든지 회개하기만 하면
그 죄 용서할 뿐만 아니라 죽음 저편,
믿는 사람들이 영생할 낙원에
곧바로 들어갈 걸 약속해 주신다

3. "여자여! 보소서. 아들이니이다." 하시고 또
그 제자에게 이르시되 "보라. 네 어머니라."
(요 19:26~27)

예수는 사랑하는 제자 요한에게 자신
육신의 어머니를 맡긴다. 이 세상 떠날 때
가장 사랑하는 이를 가장 사랑하는 이에게
맡긴다. 내게 맡긴다면 맡을 수 있겠는가
내가 세상 떠날 때 사랑하는 이를
맘 편히 맡길 사람이 있는가

4. "엘리 엘리 라마 사박다니" 하시니

이는 곧 "나의 하나님, 나의 하나님, 어찌하여
나를 버리셨나이까." 하는 뜻이라(마 26:46)

예수에게는 저 천국에 무한한 영광을 함께
누리던 거룩한 아버지가 계신다
하늘 영광 비워 두고 이 땅에 내려온 그 마음,
사람들에게 버림받아, 제자들에게 배신당해
저주까지 받고, 처절히 십자가상에서
하늘 아버지를 부른다. 그는 가장 절망적인
상황에서 사랑의 절정으로 십자가에 자신을
제물로 받으시는 하늘 아버지
온 맘으로 찬양한다

5. "내가 목마르다."(요 19:28)

왜, 목마를까?
메마른 사막의 길을 걸어 보지 않은
사람은 목마른 것이 무엇인지,
배고파 보지 않은
사람은 배고픈 것이 무엇인지 모른다
비천한 데 처해 보지 않은 사람은 다른 사람
어려운 처지를 이해하지 못한다
진리와 사랑을

모르는 이는 의에 주리고 목말라하지도 않고,
심령에 가난함도 느끼지도
참사랑도 갈망하지도 않는다
예수는 왜 목이 탈까?

6. "다 이루었다."(요 19:30)

이 땅에 오셔서 성부께서 맡기신 모든 사명
다 이루고 승리하신 최후 승리자의 선언이다
그는 죄와 사망을 이겼고,
모든 유혹을 물리쳤고
사랑으로 이 땅에 왔고, 사랑을 살다가
사랑으로 십자가 지고, 최후에 온몸을 십자가
형틀에 내어 줌으로 하늘 사랑을 이루었다

7. "아버지여! 내 영혼을 아버지 손에
부탁하나이다."(요 23:46)

긍휼과 자비가 풍성하신 하늘 아버지,
이 세상을 사랑하여 온 세상 죄인들
멸망치 않고 구원하기 위해 아들을
죄인들에 의해 죽을 줄 알고도 보내신
그 아버지께 그의 영혼 부탁하고 있다

죄 많은 세상에 있는 우리도 최후의 순간에
우리 하나님 아버지께 우리 영혼을 맡기자
은혜가 풍성하고 자비로운
그가 기꺼이 맞아 주시리라, 아멘!

가끔

외로우면 날개가 생긴다
하늘을 날 수 있고,
홀로 밥 먹는 시간이 길어지면 가끔
우리가 잠잘 때 도는 지구의 소리도 들린다

산을 오래 보고 있으면 숲속의 고동 소리
들썩이다가 조용히 산이 내게 걸어온다
파란 하늘에 귀 기울이면
한 번씩 말을 걸어 온다
난 그 말을 모아 모아서 꽃씨 만든다

길을 오래 걸으면 없던 길이 생기고
걷다 보면
가끔 늘어진 나뭇가지에서 고구마도 캐고
바위에서 물을 긷는다

길을 터벅터벅 걷다 보면 쉽게 날아올라
가끔은 검은 땅을 들었다 놨다 한다
길이 길을 부른다
길 가다 땅에 떨어진 내 뼛조각을

몇 개 주워 주머니에 담는다

가끔 뒤돌아본다
혹 떨어진 내 뼛조각 따라오는지

봄비

봄비, 내리니 좋아요
거칠거나 모나지도 않고
참 다정하고 다감해요
봄비로 세수하니 나뭇잎 더욱
연초록빛 얼굴 빛나요

봄비, 내려온 세상 밝아졌어요
묵은 때도 씻어 내고 새 기운 불러내요
어릴 적 함께 놀던 친구 같아요
언젠가 함께 뒹굴고 뛰놀던 얘기로 밤새워도
좋을 것 같지 않나요?

봄비, 가만히 손잡아도
어색하지 않아요
손 꼭 잡고 벚꽃 지는 오솔길 걸어도
행복한 기운 모락모락 피어올라
멋진 봄날의 여운 끝없을 것 같아요

봄비, 내 다정한 친구
함께 어깨동무하고
끝없는 봄날을 가요

골고다 십자가

예로부터 공개 처형장
아직 없어지지 않고
그 위용 자랑하듯 서 있다
모양이 그래서인지
그 이름 골고다 곧, 해골 언덕 아닌가?

오늘은 잔칫날, 모처럼 구경하는 날이다
나는 십자가의 주인공이 아니라
구경하는 주인공 은근히 흥분되고
기대가 된다

그 누가 죽더라도, 그가 그 잘난 나사렛
예수라도, 조금은 동정이 가지만
난들 어쩌랴!

그저 구경하고 편안한 마음으로
집으로 가면 비록 누추하지만, 보금자리
또 다른 내일을 약속해 주고 있지 않은가?

로마 병정 힘차게 망치질하고 십자가 조용히

붉은 피 흘러내린다. 어두운 하늘 아래에
쪼잔한 가슴 군중 가운데 숨는데 붉은 음성이
파고든다. 지우고 싶다. 잊고 싶다

'아버지여! 저들의 죄를 용서하소서.
그들이 하는 일을 알지 못합니다.'
골고다 그 해골의 언덕에
아직도 피에 젖은 나무 십자가 홀로 서 있다

구경꾼들은 저마다 얘깃거리 하나씩 들고
허름한 보금자리로 발길 돌린다. 나도 그들
중에 숨어 대중들의 얘기에 귀동냥을 즐긴다
난, 할 말 없어 괜히 하늘만 쳐다본다

얇은 솜이불

인생은 방랑길
아는 길을 간들 제대로 갈 때가 있는가?
이사 가란다. 어디로 갈까?
새로운 환경에 적응해야 살아남겠지
군대처럼 어디로 가라,
저기에 있으라 하면 속 편한데…

붉은색 얇은 솜이불 홑창을 뜯는다
이사 가려면 깨끗하게 해서 가면 좋으리라
버릴 건 버리고 짐을 가벼이 해야
움직이기 좋지
아직 어머니 손때 가시지 않은 이불이다
어머니 손수 지은 솜이불,
다른 형제들에게 주었는지
모르지만 내게 두 채나 주셨다
비록 재활용해서
겉 홑창을 사서 만든 것이지만
어머니 숨결 내 가슴을 파고든다

지퍼 열고 벗겨 내려면 여러 군데 묶은 실밥

제거해야 한다. 왜 이리 가슴이 아려 올까?
홀로 외로운 밤, 홀로 서러운 밤, 기나긴 밤을
외롭다, 서럽다, 힘들다,
한 마디 얘기 안 하시더니
어느 날 홀연히 저 하늘나라로 가고 말았다

난 겨우내 덮고 또 덮어
차가운 내 가슴 뜨겁게 했던
실밥 쪽 가위로 뜯어내는데
자꾸 입에서 탄식 나온다
아! 어머니. 어머니! 갚을 길이 없는데,
님은 벌써 저 먼 산 홀로 넘고 말았으니
큰 대야 따뜻한 물에
세탁제 풀고 휘~ 저은 후
이불 홑창을 넣고 몇 번이고 주물럭이다,
그대로 두었다. 아내가 세탁기에 빨아 말렸다

저녁에 방을 치우고 빨아 놓은
이불 홑창을 폈다
그 위에 속 이불을 가지런히
펴 놓고 시침질했다
좌우 균형을 잘 잡고 굵고 하얀 실
큰 바늘에 꿰어 이불 홑창 입히기 시작했다

먼저 지퍼 반대편에 홑창 뒤집은 것을 꿰매고
사방 귀퉁이도 몇 바늘씩 꿰맸다
허리도 아프고 목덜미도 당긴다
눈 깜짝할 사이
할 것 같았는데 시간이 꽤 걸린다

철부지 칠 남매
아무것도 모를 때부터 아들딸들
늙은이 되기까지 쉬지 않고,
그 고운 손 다 닳도록 애쓰신 그 손과 발,
그 허리, 인자한 얼굴 자꾸만 앞을 가린다

미치겠다. 그리워… 맘이 자꾸만 아려 온다
이불 빨고 꿰매고 잘 다듬어 어린 자식들
등 어루만지며 따스한 이불
덮어 주신 그 손길에
감사합니다, 고맙습니다, 사랑합니다
제대로 인사도 못 드렸는데…

부럽습니다

전에는…
친구들의 예쁜 옷이 부러웠고
언니들이 신은 멋진 구두 부러웠습니다
그리고 멋진 가방도 갖고 싶어 했습니다

이제는…
친구의 깜박거릴 수 있는 두 눈이 부럽습니다
입을 꼭 다물고 침을 흘리지 않는
그 입술이 부럽습니다
젓가락질을 할 수 있는 그 손이 부럽습니다

- 이지선, 『지선아, 사랑해』에서

지금도…
여전히 화려하고 반짝거리는 것에
눈길이 가고
사람이 많이 모이는 곳에 기웃거리고
높은 데 있는 사람을 부러워하며
침을 흘리지 않나요?

지금은…

춘설(春雪) 헤치고 겨우 고개 내밀어
해맑은 미소 내보이는
붉은 동백에 눈 맞춤하며
그의 가슴에 피는 꿈에 입맞춤하며
하늘 미소 지을 수 있나요?

지금은…
겨우내 어깨에 짓눌린 무거운 짐 내려놓고
지친 겨울 나그네 허술한 몸짓에
여유 있는 친절을 베푸는
들꽃의 향기로운 꽃잎을 닮고 있나요?

지금도…
부럽습니다. 거친 세상에 꺾이지 않고
작은 희망을 노래하는, 한가로이 피어난
싱싱한 꽃잎들의 맑은 웃음소리가

지금도… 부럽습니다
비록 꺾이기 쉬운 연약한 몸짓이라도
착하고 아름다운 길을 가는
사람들의 발자취가

* 이지선 양은 화상으로 전신 수술

2017년 4월 22일 토

봄바람

봄은 님의 숨결
봄바람은 님의 옷자락

해맑은 새싹은
님의 손길

어린 아가 볼 닮은
꽃잎의 향기는

님의 품속 사랑
끝없이 흘러라

비 오냐?

비 오냐?
누구라도 따라가며
다정한 친구 봄비

프로필에 산수유차
예쁘네! 하얀 컵에 붉은빛
하나는 네 것,
또 하나는 누구?

유유자적 물 흐르듯
산들바람 불듯
꽃향기 마음에 젖듯

형형색색 봄꽃 손잡고
봄 소풍 가듯 축축한 땅에
아름다운 길만 걷는다

봄비 내린 후 봄 꿈 피우는 꽃처럼
봄비 내려 아직 못다 핀
꽃송이 볼에 머물 듯

어리석은 꽃송이여!

봄꽃 흐드러지게 반기는 사월이면
더욱 그리운 얼굴 가슴팍 파고든다
아직 보내지 못한 그리운 님 있다
아니 보낼 수 없는 이름
어찌 봄꽃 향기 토한들
잠시라도 잊을 수 있으랴

사월 오면 함께 봄꽃 구경 가자던 벚꽃놀이
설렐 때 마음속 약속 어찌 잊을 수 있으랴
진달래 피고 개나리꽃 푸른 새싹 꿈 싣고
하늘 날고, 벚꽃 향연 연인들
은근한 사랑의 입맞춤에 님과 함께
나누지 못한 그 미련 어찌 떨쳐 낼 수 있으랴

민들레 몸단장한 다정한 인사도
아린 마음 달래지 못한다
꽃잎 바람난 춤사위 말릴 길 없으나
그리운 님 찾는 춘정 그 어디서나 달래 보랴

영원토록 곁에, 나와 함께,

나의 위로, 기쁨으로,
언제 찾아가도 기다려 주는 끝없는 고향으로,
한없는 정겨움으로 맞아 줄
그 사랑의 품으로 계실 것만 같았던 어머니!
떠나고 나니 다시 찾을 수 없으니…
못난 자식의 넋두리 아닌가?

그립고도 그립구나. 그 이름 사랑스럽고도
사랑스러운데, 지켜 주지 못한 그 건강
죽음 막아서서 꾸짖지 못한
어리석은 자식이 어디 있으랴

무정하게도 애타는 마음 살짝 찢어 두고
사월, 끝없는 미궁으로 떠나려 하지만

마음에 흐르는 강물

광야에 바람 불면
괴로움일까?

광야 길에 찬바람 불어
하얀 눈 내리는 겨울 오면
외로움일까 행복일까?

태양만 쳐다보다 마른 잎도
산허리 둘러오다 갈증 난 골짜기도
찬란한 봄 동산 꽃 잔치를 위한
평안히 숨 고르는 하늘

마른 땅일지라도
밤하늘의 별 헤아리는
고요한 외침 끝내 맞이하리
마음에 흐르는 강물을

피다 시든 꽃

마른 땅에도 꽃 피어요
기적이겠지요? 그 신비의 세계에
반하지 않을 사람 어디 있어요

왜냐고요? 예쁘잖아요
거친 땅에 웃음 잃지 않아요
꽃 보면 마음 떨리잖아요

시들은 내 영혼 아무 선입견 없이
그렇게 다정히 반겨 주는 이
어디 있겠어요

누군가 얘기하듯 화려한 꽃피고
마는 것이 아니라 달콤한 생명
아낌없이 내어 주는 사랑을 약속하잖아요

귀엽고 사랑스러운 넌,
희망이야! 피다 져도 넌,
여전히 아름답게 피어 있어
가난한 내 마음에

어버이날 다가오니

그래, 오월 오면 엄마가 더욱 보고 싶지
밝고 행복한 오월
온 가족 모여 밤새는 줄
모르고 얘기꽃 피워 긴 밤을 밝혔지
그래도 마냥 좋았던 건 우리의 거대한 병풍,
그냥 주무셔도 엄마가 계신 거
기쁨, 감사, 행복의 파랑새였어

그 무엇과 바꿀 수 없는 가치 있는 거
세상 어디 있을까
그 어디 가서, 계신 것만으로
천하를 다 얻은 것 같고,
더 요구할 것 없는 분 어디 있을까?

식사하고 강아지 인형 베고
단잠 주무시는 모습
바로 2016년 1월 7일 목요일 그땐 식사도
참 맛있게 드시고 안정되고 평화로웠지
사랑과 행복을 가득 담은 천사 같고,
고운 아가 같고 근심 걱정 다 내려놓고

평화로이 하늘에 마음 둔 모습처럼 보였지
보기만 해도 좋아서 얼른 사진에 담아 두었어

어디 가서 그 온화한 숨결 느낄 수 있을까?
어디 가서 계신 것만으로 천하에
부러울 것 없는 그 행복 맛볼 수 있을까?
가슴에 지워지지 않은 어머니 숨결
아직 내 심장 소리에 맞춰 속삭이는 듯하다

다시 보고 싶다
다시 "오냐?" 하시며 온 맘으로 반기시던
그 모습 느끼고 싶다
"갈래?" 하시며 그렇게도 미련을 두고
아쉬워하시던 모습에 다시
헤어짐 없이 영원토록 함께하고 싶다

그 언젠가 저 하늘에 그런 날이 오겠지
이 땅에 다시 찾을 수 없는
보물이기에 그립고도 그립구나

어머니, 흔적 냄새 맡고 싶으면
언제나 놀러 와
어머니, 손때 묻은 하얀 사탕,

인삼 사탕 아직도 갖고 있어

* 어버이날, 어머니 그리워하는
막내 여동생 글에 답하며
2017년 5월 7일 주일

그리운 엄마 찾아

꼭 가세요. 아침을 열어서라도
밤을 붙들고서라도 오월의 아름다운 빛
시들기 전에 찾아가요

홍천을 지나고 어머니 질긴 숨길 같은
북한강을 거슬러서라도 찾아가요
어머니잖아요. 내 생명을 주고
가슴을 아낌없이 열어 내 여린 생명에
내어 주고, 한없는 사랑으로 기어이
엄마를 살아 낸 그 땅에 찾아가요

은혜에 발 담가 두었다가 꺼내 들고
시들지라도 예쁜 꽃 한 아름 안고 가요
그리움으로 달려가요
지치면 한 걸음, 또 한 걸음 걸어가요

내 인생의 생명, 내 삶에 사랑의 의미
불처럼 새겨 두고도 아무 일 없었다는 듯
말없이 영원 속으로 사라지기 전에…
나도 그 길에 가고파요

그 기다림 다하기 전에
나도 그리운 정 목말라 함께 가요

* 설악산에 어머니 그리는 이 생각하며

오월의 평창

싱그런 오월
아직 떠나기에 앞서
아카시아 향 가득 머금고
청명한 하늘을 난다

시내 하늘 끌어안고
들새 하늘 나느라
요란타

숲길 걸어온 봄바람
청아한 옷 입고 품에 안기니
오월은 빙그레

숲은 향기로운 옷
춤추자 조르는데
마음은 들떠
먹구름 갠 봄날을 간다

어머니 손길

어머니,
더 사랑하지 못해 애타고
끝까지 더 주지 못해
애가 타셨겠지

자네와 내게도 어머니, 하나님 사랑의 징표
세상의 모든 어머니
다정하고 부드러운 주님 손길이리라

헤롯 때 아가 잃은 엄마들 가슴 타듯
어려서, 너무나도 일찍 따스한 엄마 잃은 손
그 누가 잡아 주리오

십자가 위, 어머니 손길 놓친
예수의 뜨거운 손길 함께하였으리라
그대와 함께

* 청년 때 어머니 여읜 이상태 목사 글 읽고
2017년 5월 20일 토

미련

나,
가고 오지 않으면
님 그리워하기 때문이오

나,
여기 함께하면
다시 만날 정
아름아름 새겨 보기 위함이라

그 이름

만 번 부르고 또다시 불러도
조금도 불편하지 않은 그 이름
평생 부르고 또 불러
그 이름 가슴에 새기고 또 새겨도
그 가슴 시린 사랑, 희생 그 어디 쓰리오

그 님의 길,
앞서 거친 길 맨발로 걸으면서도
조금도 주저함 없이 걸어가신 그 길

익숙지 않으나,
기우뚱거리는 길이지만,
그 이름에 영광 되도록,
아니 누가 되지 않도록 걸어 보렵니다

메마른 길, 님 고운 발로
걸어가신 그 길 따라가 보렵니다
사랑이기에,
생명 낳는 길인 줄 알고…

좋을 때

참 잘하셨어요
건강하니 그것도 합니다
좋을 때입니다

나 가까이 있었으면 벌써
님과 함께 차라도 한 잔
청했을 것입니다

걸음마다, 꽃 피는 봄 가도,
시원한 바람만 불어도,
어둠이 내려 나그네 발길 붙잡을 때도,
어머니 그 이름
가까이 다가옵니다

천상의 에어컨 바람
싫지 않은 저녁
행복과 감사 가득한
잔을 들고 자! 얼씨구!

내가 살던 고향

고향 언제나 봄꽃 피고
마당 가에 상추 푸르게 자라납니다
울 엄마 고운 손으로
향기로운 꽃 가꾸는 봄 마당입니다

내가 살던 고향
언제나 우리 엄마 손 잡고 걸어갑니다
아직도 계실 것 같은 울 엄마 생각에
벌써 가슴에 이슬비 내립니다

사라지지 않은 울 엄마 고향
외로이 맞은 봄맞이
돌아올 봄 기대할 수도 없습니다

밤이면 꿈에서라도 엄마 손 잡고
걸어가는 것이 그립습니다

영원을 살게 하는 엄마 손
정든 투박한 손 놓을 수 없습니다

완주(完走)자여!

그 누가
달려갈 길이라 했는가?

한 번도 가 보지 않은 길을
어찌 어서 오라고 할 수 있는가?

이리저리 두리번거려도
나의 길 보이지 않아 망설이는데,
오월의 절정 이루는 꽃향기
꿀단지 채워 두고 오라는데,

길이 어디냐? 생의 완주자여!
진리와 사랑 십자가로
온몸 찢어 걸어간 완주자여!

엎드려 길 묻노니 응답하라
북풍 찬 서리 몰아치기 전
속히 응답하라

검은 땅에 첫걸음

바람도 산과 들도
흐르는 물도 낯선 조선(朝鮮) 땅

가슴 깊이 파고드는
검은 절벽

거친 손길에 굽은 허리
지친 눈길에 상한 눈망울

푸른 파도에 밀리고
대륙의 사나운 말굽에 쫓겨
갈 곳을 잃은 조선아!

여기 빛, 조선의 빛
생명의 강물 흐르나니

* 조선의 아픔 등에 업고 살아간 독일계
미국인 선교사 서서평(E. J. Shepping,
1880~1934) 책 읽고
2017년 5월 30일 화

3장

여름: 꿈을 먹고 푸른 하늘로

(2017년 6월 7일~2017년 8월 31일)

어머니와 나

닳지 않는 손

어찌 어머님의 고운 손
다 잡지 못하고 오셨나?
내게도 강원도 인제(麟蹄)
땀과 눈물로 푹 젖은 곳이라오
물 좋고 산 좋고 인심 좋은 산골
애틋한 사연 얼마나 많을꼬

어머니 맞잡은 손, 보내지 않아도
무심히 흐르는 강물처럼 흘러가요
붙잡아 두고 싶고 동아줄로
꽁꽁 묶어 두고도 싶지요

내가 부를 때 대답하는 그 목소리
내가 그리울 때,
그리워할 곳 있다는 것만으로도
크나큰 복이요, 행운일진대,
둥지 떠나간 빈자리 묵묵히 세월에 내어 주고
마냥 바라보는 것만으로
만족하는 마음 어찌 다 헤아릴까요

님은, 주름진 얼굴도 다정하고
거칠기 그지없는 투박한 손도
끝없는 사랑의 밭 일구는 고운 손이지요
못다 한 사랑 너무나 아쉬워
어린아이처럼 자꾸 뒤돌아다 봅니다

발자취

그냥 이유 없이 다녀간 발걸음
잔잔한 호수에
작은 파장을 일으킵니다

다시없는 날이기에
어둠이라도 내 마음속에 두고,
밝은 날 오기까지 깨물어 보고,
안고 그 어둠의 깊이
헤아려 보기도 합니다

허리를 굽히면 진리를 줍는다고 했는데,
주워 품에 안을 수 있다면
여명에라도 머리를
무릎 사이에 넣어야겠지요

바람처럼, 어둠의 나래처럼
머물다 간 자리에
님의 향취 그윽합니다

한 걸음 1

한여름,
움직일 때마다 흠뻑 땀에 젖는다
뜨거운 대지에 젖어
꼿꼿이 몸을 세운다

한 열매,
어찌 태양과 마주하지 않고
단맛을 기대하랴!
어찌 인생의 쓴맛을 보지 않고
단맛 나는 먹거리에 침을 흘리랴!

한 땀방울,
하늘의 더위
한 줌 땅의 마른 땅 비벼 대고서야
내리는 한 줄기 빗방울처럼
온몸을 돌고 돌아 심장을 뚫고 나온
땀방울 단물인가, 쓴물인가?

한 매듭,
멀고도 험한 길 돌고 돌아

쓰리고 아픈 가슴으로
겨우 자리 잡은 상처 하나
정신없이 쫓겨 다니고
이리저리 부딪히고 넘어진 마음 일으키다가
마주한 내 얼굴 확인하고
부둥켜안고 간신히 만든 매듭 하나

한 마음,
천하가 진정 마음먹기에 달렸는가
이 물음에 밤과 낮 무릎 꿇어 사십 년
가슴에 천년 다시 와도
과연 한 마음 족하리만큼 새길 수 있나?

한 뜻,
천지를 지어 아우를 때처럼
처음 열린 시간의 무대에
한 사람 두고 사랑이라 부를 때
참 좋아 함께 춤추던 그때 기억으로
무궁한 길 열어 갈 수 있나?

님 동하니 나 동하여
여한 없는 곳 향해 한 걸음 걸으리

바람처럼

아침저녁 불어올 청풍처럼
다녀간 님의 자취에
못다 핀 들꽃

익어 가는 들녘 가장자리
향기로운 자태로 피었구나!
나그넷길 가는 이의 어깨
사뿐히 내려앉아 동무하네요

지친 어깨 나래 접고
가끔 맑은 시내에 발 담그며
꽃처럼 아름답고
꿀처럼 향기로운 하늘의 마음
품어 봄이 어떠하리오

* 둘째 형님의 집들이 방문에 글과 정성 어린
마음에 감사를 전하며
2017년 8월 7일 월

입추(立秋)

아! 풀벌레 울어
깊어 가는 가을 한여름 무더위도 다 잊고
값진 열매의 달콤한 매력에 빠져도
아무도 탓할 사람 없는 가을의 시작이던가
저 멀리 가까이서
아침저녁 기웃거리는 시원한 바람
가을에 대한 설레는 맘,
그리운 님 기다리듯 한다오

아마 사백 년 노예 생활 두고 볼 수 없어
파라오의 마음 강퍅하게 해 급히 떠나게 했던
그분의 마음 이러했으리라
생각하며 땀으로 멱을 감고,
숨이 턱까지 차오르도록
종탑을 자르고, 부수고, 도려내고,
기어이 아슬아슬하게 내려놓고 나니
저 하늘에서 위로의 종소리 들리는 듯해
마음속 깃든 애잔함 달래 주었다오

무덥고도 후덥지근한 칠월,

불과 구름 기둥으로
암탉이 병아리 품듯 이스라엘을 품었던
그분의 뜻 오락가락
장맛비 속에서 헤아려 보았다오

삶에 지치고 사람에게
불신과 배반당하는 역겨움
한 줄기 소낙비처럼 달래 주는
그대와 같은 정겨운 친구의 다정한 격려가
여간 힘이 되는 게 아니라오

집들이에 함께 들어온
풀벌레 노랫가락에 잊었던
추억의 옷자락을 꺼내 들고
오랜만에 만난 형제들
웃자라 하얘진 머리카락에
당황하는 것도 잠시
하나, 둘, 그 이상의 인생의 쓴맛, 단맛도
추억의 조약돌로 새겨 두자는
여름밤 별들의 성화
끝없는 밤하늘 깊은 바다에
기꺼이 다 풀어내 놓았다오

지치고 고단한 육체 다가올 가을 아침
맑은 이슬에 맡겨 두고 또 다른 은하수
물길 따라 밤배 저어 가며
별 하나, 나 하나에 담긴 이야기꽃 피우다가
이야기꽃 만들다가 깊은 밤인지,
이른 가을 이슬인지, 꿈결인지…

잊어도 되지만,
잊히지 않아 더욱 소중한 그대!
나그네 잠든 깊어 가는 여름,
밤하늘 별과 같은 그대!
기나긴 별들의 수다 끝없이
받아 주는 창공처럼
사라지지 말고 새벽이슬 마중 나와
아름다운 가을 길 가자 할 때까지
빛나라, 초롱초롱!

가슴 시린 모시옷

끝없이 펼쳐질 것 같은 그 한없는 사랑도
조만간 주름진 마음의 호수
바닥날 줄 알기에 조금이라도 정신 멀쩡할 때
딸의 손목 맞잡을 때
정겨움 놓치지 않을 때 아시고

그 누군가에게 송구하여 입지 못하고
고이 접어 품처럼 아끼던 모시옷
한 올, 한 올 어머니 숨결 살아 있어라

다시 못 올 그날을 알기에
길은 저 멀리 있으나
평생 마음에 두고 보석처럼
님처럼 사랑하고 아끼는 딸을 불러
평생 다하지 못한 사랑의 빈 가슴에
분에 넘치는 정 쏟아부어
"영실이 너 입어라" 하시니
왜 이리 마음 저리고 눈물 앞 가리나

그날이 영원히 오늘이 아니길

두 손 모아 비는데

어찌 내 마음은 파르르 떨려 오는가

여름날 길어지니

여름날 길어지니 하얀 모시옷 입고
작년 오월에 그리던 하늘나라 가신
어머니가 그리워집니다

'영실이라' 부르는 걸 보면
고향이 남쪽이 아닌가 합니다
그렇게 정성 다하여 효도하다
먼저 하늘나라 올라간 누님
어머니께서 '영실이라' 불렀지요

가슴 시리도록 받은 사랑
다시 돌려 드릴 길 없어 애가 타지만
그래도 또 다른 사랑할 이
찾아 나그넷길 가야겠지요

어머니 살아 계실 때
가까이 계실 때라 여겨집니다
부를 때, 사랑으로 나 여기 있다
대답하는 이 있다는 거
거기 계시기에

길이 천 리라도 찾아갈 곳 있다는 거

당신은 사랑받고 있는 사람
그대는 행복한 사람입니다

고향 휴가

한풀 꺾인 더위가 안돼 보이긴 하나
다음 차례 기다리는 이
생각하면 봐줄 만합니다

고향에 휴가 다녀왔군요
많이 설레지 않던가요?
고향 어머님 안녕하시고요?

가는 날 억수 같은 비, 오는 날까지 왔으니
높은 산, 깊은 골에
한 아름 물 머금어 해갈할 때
조금씩 내려 주려는 너그러운 마음에
청명한 여행의 아쉬움
양보해도 될 듯합니다

아름다운 고향 산과 꽃길
마음속 아련히 새겨 둔 추억의 사진첩에
지친 맘 내려놓고 달래 보아요

그래도 그게 어디인가요?

찾아가 볼 곳, 우중에 달려가도
날 반기는 고향
정겨운 가슴이 아직 있다는 것
그대 가슴속 행복의 동산에
꽃 향 시들지 않고
은은한 사랑의 시내
마르지 않은 기쁨 아니리오

누가 먼저냐?

푸른 기와집에 가면
거기 사는 사람이 그렇게 사인해 준단다
사람이 먼저다

처음, 그리스도인이라는 별명
예수의 삶을 따르는 사람들을 보고
이방인들 입에서 나온 말 아닌가?

당신은 어떤 별명을 가졌나? 예수 믿는 이유
단지 이 땅에서 남보다 잘살기 위해서인가
그대는 무슨 별명 붙으면 좋겠는가?

사람이 먼저다. 당신은 말할 수 있는가?
그리스도인이라면
하나님 먼저다 해야 하는가?
하늘의 하나님은 뭐라 하실까
이 땅에 사람의 몸을 입고 오신
하나님의 아들은 '사람이 먼저다' 하다가
사람에게 버림받았지

왕이 먼저냐? 신하가 먼저냐? 사람이 먼저다
닭이 먼저냐? 달걀이 먼저냐?
그건, 사람이 먼저다

더위 한 자락

무례하기까지 보이는 저 더위
무언가 향해
씨름하다, 씨름하다 정들어

다시 그리움 되어
보고픈 친구처럼
다정한 벗으로

저 푸른 산 너머에 자리하고
잘 있다 인사하는 그 자태
그 여유, 참 좋아라

침묵, 깨뜨려야 할 때

태풍이 몰아쳐 온 산과 들
뒤엎고 무너뜨릴지라도
미풍에 일어서는 들풀처럼

칠흑같이 어두워 끝없는 밤
모든 것 어둠으로 삼켜 토하지 않을지라도
반딧불만 한 작은 불빛 하나에 새벽 깨어나듯

천둥에 비바람 몰아치고 어둠 휘몰아치듯,
땅 뚫고 하늘을 부술 것처럼
소리치는 그 순간에도
아기별들처럼 침묵해야 할 때가 있다

산과 들, 고요의 장막으로 뒤덮을지라도
적막한 밤, 깊은 밤 유리창 깨지는 소리처럼
마치 땅과 하늘의 질서 깨뜨리는 것처럼

강과 바다, 거처를 찾지 못해
긴긴밤 방황하다
침묵의 궁전으로 사라질지라도

꾹, 다문 입술 벌려
하늘과 땅에 말해야 할 때가 있으니
진리냐? 사랑이냐?

가을 손님

아침저녁 선선한 바람 불어오니
지겹던 여름날도 그립고

그대 안부를 물으니
내게 좋은 벗 있는 줄 알았네

굵어져 가는 아버지 손
휘어지는 어머니 허리
하늘 사랑 깨닫게 되니

그 사랑, 그 열매
달콤하고도 사랑스러워
들녘 볏논과 콩밭, 산과 들 과수마다
주렁주렁 가득하리

저 멀리 풍성한 가을 손님 기다리는데,
그대, 그중에 으뜸이라

가을 오는 소리

동틀 때 살그머니
창틈으로 기어오는 청아한 가을 발길

콩밭 매는 아낙 허리 따라
맑은 시냇물에 젖은 바람 한 자락

푸른 청춘도 매달아 두고
다홍치마도 입혀 놓은 너른 고추밭
붉게 익어 버린 어머니 얼굴에
들뜬 고추잠자리

여름내 사모하는 마음
달아올라 얼굴 붉힌
고운 정 일렁이는 연분홍 코스모스

봄부터 소담히 가꾸어 온
내 님 향한 정원에
사랑 영글면 그대 찾아가리
올가을에

가을 벗

청아한 얼굴로 찾아온
창가에 턱 걸터앉은 시원한 가을 아침
손, 내밀거든

숲속 시내 졸졸 흐르는 물
정겨운 노랫가락으로
들리거든

길 가다 연분홍 코스모스
수줍은 인사에 가꾸어 둔 마음
벌 나비 따라 춤추거든,
님처럼 반기소서

반길 수 있다면

미쳐야
살 수 있는 세상인가

숨 쉬는 내 숨결을
느낄 수 있다면

따가운 햇볕에
등 돌리지 않고 견뎌 낸
그은 얼굴로 함께 걸어온
싱싱하게 매달린 푸른 잎
반길 수 있다면

높푸른 하늘 보고
미소 지을 수 있다면

길 멀어도
순례의 길 걷고 있다면
행복하여라

길목

사납던 태양의 열기도
잠재우고
멀리서 찾아온 다정한 친구인 양
가까이 있어도
어색한 것도 전혀 없어라

헉헉대며 땀 흘린 그대에게
하늘은 높고
바람 소리 홍겹도다

찬란한 봄날 가고
이글거리는 태양 녹이는
질긴 여름 견디다가
기어이 노오란 열매 향기 토하는
수줍은 너의 얼굴
곱고도 사랑스러워라

4장

가을: 가을, 설레는가?

(2017년 9월 5일~2017년 11월 30일)

어머니와 형제들

사랑하는 사람과

사랑하는 사람과 함께 손잡고
길을 가고 싶다

사랑하는 사람과 숲길 걸으며
콧노래 부르고 싶다

사랑하는 사람과 꽃길 걸으며
서로의 향기에 취하고 싶다

사랑하는 사람과 강바람 맞으며
끝없이 이어지는 저녁놀 바라보며
황혼의 정 나누고 싶다

사랑하는 사람과 맞잡은 손 간지럽히며
깔깔대며 웃고 싶다

사랑하는 사람과 깊어 가는 밤하늘 별 세며
시시콜콜한 얘기 나누며
사랑의 단꿈을 꾸고 싶다

너와 나

좀 높은 산에 올라 보면
평소에 높게만 보이던 것들
눈 아래로, 아니 발아래 쫙 깔린다

대단해 보이던 것들이 별것 아니다
크게만 보이고 두렵게 보이던 것들
내 발아래 놓인다
두렵지도 않다

온갖 집들이 아웅다웅,
옹기종기 모여 어깨 비벼 댄다
다 그게 그거다. 도토리 키 재기다
높이 올라 보니 별것 아닌 것을
멀리서 보니 별 차이도 없는 것을

각 지붕의 색깔도 울긋불긋
모양도 다양, 서로 잘난 체하는데
멀리서 바라보니 색깔도 별로
모양 잘난 놈도 못난 놈도
큰 그림 속의 작은 모래섬 아닌가?

파란 하늘 아래 뒷동산에 올라 보니
온 세상이 발아래 있다
별것도 아닌 것 서로 잘났다고
떠들던 소리도 잠잠하다

너와 나, 수많은 집 중 하나 속해 살겠지
별 특별한 것도 없다
너와 나, 하나둘 세 보다 그만둔
강가의 모래알인 것을 왜 몰랐을까?

너와 나, 푸르고 푸른 숲속
얽히고설킨 나무 중 하나가 아닌가?
서로 어깨 걸치고 어우러져 있으니
숲, 아름답고 향기롭지 아니한가?

너와 나, 밤하늘에 빛나는 작은 별
홀로 가면 긴긴밤
함께 가면 여유로워 찬란한 밤
좁은 길도 함께 어우러져 새벽을 꿈꾸니
참 좋지 아니한가?

소중한 사람

파란 하늘의 청아한 마음을 담아
가을바람에 고운 노래로 문안하는
당신은 내게 소중한 사람입니다

맑은 가을 햇살 가득 안고
꽃길 열어 주는 해바라기 같은
당신은 내게 소중한 사람입니다

길 가다 지쳐 털썩 주저앉아
일어날 힘도 없을 때
언제나 함께하는 그림자처럼 곁 떠나지 않고
응원을 잊지 않을 것 같은 당신은
내게 소중한 사람입니다

정처 없는 인생길에 연분홍 코스모스처럼
반가이 맞아 주는
은은한 미소로 얼굴 마주 볼 당신은
내게 소중한 사람입니다

길은 멀어도 은근한 향기로

길 다할 때까지 하늘 이야기 나누며

손잡고 함께할 당신은

내게 소중한 사람입니다

향기

들에 핀 연분홍 코스모스
가을 햇볕에
찬란히 빛나

그 얼굴 마주하니
내 얼굴에 향기 난다

가을바람에
가슴에 스치는
님의 향기 그립다

길은 어디에

사방으로 둘러싸이고 갈 바를 알지 못해
사형선고 받은 것 같은 절망적인 상황에
빠져 봐야 아! 인생이 연약하구나!
사람을 의지할 것 하나도 없구나!
아! 하나님만 의지해야 살겠구나!
주(主)만 바라봐야겠구나!
고백을 결국 받아 내시는 하나님

왜, 나를 여기에?
왜, 나를 낳으셨나요? 하는
그 절망의 자리까지 내려가 보셨나요?

거기 구겨지고, 머리를 땅에
처박고 있으면, 어둠 걷히고 나면,
무슨 소리 들리겠지요
그날이 오기까지 견디고 견뎌 봐야지요

눈물 흘리다 흘릴 눈물 없어 마르기까지
어느 땐가 깨지고 상한 심령에서
세미한 찬송 흐르는 날 오겠지요

두려운 일

내 주머니 속에 돈다발로 두툼해지고
내 손에 세상을 호령할 권세 담장을 넘고
내 머리에 명예와 영광 많아지는 거
즐거움보다 두려움이 앞서지 않으리오

하늘의 하나님, 물질을 만들어
나누며 섬기어
풍요로운 삶을 살아가게 하고

머리와 가슴에 권한을 주어
공의와 사랑으로 땅을
다스리게 하신 창조주 하나님

머리에 존귀와 영광의 면류관 씌워 놓고
사랑하는 아들처럼 기뻐하신 하나님께

때마다 엎드리기를 배우지, 아니하면
어느 한순간에 태풍처럼
홍수처럼 쓸어 가지 않으리오

가을 길 걸으며

맑은 가을 향기
탐스러운 열매와 함께
냇가에 내려오고

연분홍 코스모스 향기
가난한 심령으로 하늘바라기 하는
나그네에게 내려와

맑고 고운 목소리로
숲속 교향곡 노래하여
평화의 동산 거닐게 하네

의에 주린 마음으로
서울의 젖줄 한강 보고
강둑 따라 피어난 가을꽃 반겨 걸으며

가는 세월 더디 가도록
사랑의 끈으로 묶어 놓으면 어떠리오

태양

어제 태양 그냥 떠난 줄 알고
아쉬워했더니 오늘도 날 반기려
다시 와 반갑구나

어제까지 가까이하기엔 부담스럽던 당신
이제 가까이 다가와도
싫지 않으니 그새 정들었나

뜨거운 사랑 때문에 얼굴 붉게 타올랐으나
그대 덕분에 내 삶에 열매 달콤함 더하니
고맙기 그지없구나

그대 열기 다하여 서산마루 넘어갈 때
난 그대의 바다가 되어
서녘 하늘 아래 붉고도 찬란한 빛 다 받아
황홀한 무대로 그대 반겨 주리라

그 언젠가 동녘 하늘 붉게 물든 날 잊지 않고
다시 온다면 맨발로 뛰어나가
두 팔 벌려 뜨거운 가슴으로 환영하리라

물처럼, 강물처럼

오직 공의를
숲속 향내 머금은
살랑대는 물처럼

오직 정의를
모난 돌 굴리고 굴려 둥글게, 둥글게
강물처럼 맑고도 청아하게
흐르게 할 수 있을까?

내가 그 흐르는 물줄기
막아서서 버틸지라도 넘쳐흘러
이 강토 가득 채우고도
남게 할 수 없을까?

詩, 詩人

찢긴 가슴에 상처
향기가 되어
지평선 너머 저 하늘에 닿으면
울리는 詩가 되고

하늘의 인애(仁愛)와 진리(眞理)
땅의, 메마른 땅의 심령
따스한 입맞춤으로
땅에 생수가 솟으면
詩人이 되리라

홀로 핀 꽃 한 송이

긴긴밤
짙은 어둠 더듬거리다가
정들다 깨어난 아침
마주하지 않고야

어찌 찬란한 아침 해
마주했다 하리오!

태곳적부터 홀로 외로이, 외로이
지는 해 바라보다 잠든 날
별밤 아기별들의 이야기만큼
헤아려 보지 않고야

어찌 들에 핀 한 송이 꽃향내
기대할 수 있으랴!

둥근달 떠오면

찬란한 꿈 아니어도 적어도 소박한 꿈
저마다 가슴에 하나둘
껴안고 살아온 날에 대한
감사와 은혜 새겨 보고 지친 몸과 마음에 쉼
가져 보는 명절 찾아가는 마음
즐겁지 아니한가?

그리움 아직 남아 있어서 그리워할 곳
아직 남아 있어서 발걸음 설레는 곳 향하니
기쁘지 아니한가? 그리워할 사람 있으니
즐거워 가슴 찡하지 아니한가?

눈 들어 산과 들
잘 익은 곡식 보고 붉고도 노란
열매들의 합창 들을 수 있는 귀 있다면
행복하지 아니한가? 이글거리는 태양
천하 만물 밝혀 주렁주렁 맛 더하니
향과 기쁨 더하니 은혜 위에 은혜 아닌가?

악한 이, 착한 이에게 봄부터 태양, 의로운 자

불한당에 비, 뿌린 씨, 과목 싹 나고
꽃 피어 열매 맺은 기쁨의 증인으로
대롱대롱 둥근달 매달아 두고
풍요로운 밤하늘 밝히니 기이하지 아니한가?

기쁘고 감사하는 날, 축하하는 날,
풍요한 밤 밝혀 은혜 기억하고, 함께 수고하고
애쓴 이들 정 나누며
긴긴밤 노랗게 물들기까지
사랑 무르익게 둥근달 바라보니,
이 어찌 좋지 아니한가?

감사한 사람, 덕을 끼친 사람 새겨 보고,
하늘과 땅에 소망의 문 열어 해와 달, 비바람
함께 어우러져 흘린 땀방울 보람 있게 하신
하늘의 은혜 새겨 보는 일 마땅치 아니한가?

고난, 역경 중에도, 가뭄 거친 땅에도, 땀으로
멱을 감지 않고는 지루한 장마, 들녘의 태양
지지 않을 때 갈증 난 마음에 새길 만한
은혜 있으니 어찌 감사하지 않으리오?
해와 달, 별들의 기뻐 축하하는 노래에
어찌 화답하지 않으리오?

물음표

인생길 가다
우연히 마주친 물음표 하나
저 하늘 방금 태어난
반짝이는 별 중 하나 아니리오!

정 때문에 저 하늘 바라보며
기도하다 마주친 연분홍 코스모스
한들거리는 길 걸어가면

착한 눈망울 반짝이며
마르지 않은 강물 따라 열어 놓으니

영롱한 무지갯빛 향기로
함께 가자 하는 이 누굴까?

논길

농부의 끊이지 않은 손길에,
이마에 흘린 땀방울,
부러지지 않은 소망에

감동에 젖은 파란 하늘
가는 길 내내

수줍은 얼굴 못 가린 코스모스
향으로 내려앉는다

깊어 가는 시월

그대가 열어 준 가을 길
코스모스 아름다운 꽃길
그곳에 꽃처럼 웃고 있는 그대 있어
나도 연분홍 코스모스 길 초대되어
시월의 작은 꽃송이가 되었소

빛을 잃으면 과일나무 붉게 물들고
가을밤 달빛 단풍으로 물들면
선과일 밤새 향기로 익어 가겠지요

시월이 오면 조용히 가을 길에 나섭니다
마치 끝없는 철길처럼
형형색색 아름다운 옷으로 단장하고
수줍은 얼굴로 어느새 따라나선
코스모스 같은 당신 있어

내 인생의 길을 돌아보며
지는 계절에 붉게 물들어
남은 삶 붉게 태우는 산과 들의 아름다움,
그 친절 새겨 보고 이슬 맺힌 풀잎

상하지 않도록 사뿐사뿐 걸어 봅니다

날이 지고 잎이 지면,
해가 지고 달이 저물어 찬바람 일고
뙤약볕 아래 붉게 물들기까지 견뎌 낸
그 애달픔 내게 달콤한 밥인 줄 알고

나도 한 자락 노랗게, 붉게 물들어 길 가는
나그네 눈길 머무는 곳 작은 향기 되어
머리에 이슬 내리도록
가을밤을 서성거릴 거요

대동(大同)수양관 가는 길

한들거리는 코스모스 길지나
하늘 맞닿은 잣나무 아래
깊은 골 사이로 흐르는 계곡물 따라
하늘 향한 기도의 마음에
내려앉은 대동수양관
가을 향기에 반가이 맞아 주는 이
몇이던가요?
사랑하는 가족들은 많이 왔고요?

그리운 기억 속에 가끔 들러 마음의 샘만
파다가 가는 곳 상천리 아직도 미련을 가지고
찾는 발걸음 추억 어린 길 이어 가겠지요
오랜만에 만난 가족들
깨알 같은 얘기로 긴 밤 조각내어 지샜나요?

진리를 따라 사는 것이 큰마음인 줄 알고
사랑을 따라 사는 길이
다함없는 영생 길인 줄 알고 달려온 길
이제 청명한 가을 하늘 울긋불긋 코스모스
향기 가득한 길 열어 놓았네요

칙칙한 땅까지 맑고
시원하게 깨우던 흐르는 계곡물
아직도 지지 않은 지평선 하늘처럼
저 멀리서 반겨 줍니다

동창(東倉)

하얀 가을 달, 갈 길 잃다 앞산 자락 그리워
하염없이 찾는 발길에 제 맘대로 튀어나온
들길 따라 서성인다

뙤약볕 아래 노닐다 메뚜기 뜀박질에 놀라
벼메뚜기 소꿉놀이하던 친구
가슴팍 찾아든다

가도 가도 끝없는 길
학의 지친 날개 접어 만들어 놓은 다리 따라
태 묻어 길이길이 애타는 정
고이 심어 놓은 내 고향 동창

나그네 설움 달랠 길 없어 찾은 가난한 국화 텃밭
아직 다 채우지 못한 주린 마음에
함평 천지 품에 안고 돌아온 꿈결 같은
풀 냄새 건너 나그넷길 가리라

※ 동창(東倉)은 고향 동네 옛 이름

코스모스

제멋대로 뻗은 들길
아침 이슬 머금고 피어난 모습에
어찌 하얀 마음 붉어지지 않으랴!

가을바람에 얼어 버린
청명한 하늘 바라보기에 수줍은 얼굴
다가가 그 품에 안기고야
어찌 그 향기에 멍들지 않으랴!

꽃다운 그 숨결
들이마시고야
어찌 눈길 머무는 곳마다
향기롭지 않으랴!

가을 타는 인생

날 저물어 지친 태양 쉼 얻듯
낮의 해 짧아져 풋과일 맛 들고
차가운 기운에 단풍 물들듯
우리네 인생도 골고루 잘 익으려나?

기나긴 여름날 뜨거운 열기
견뎌 낸 답답함이 국화꽃 향기 더하듯
가을 타는 인생길 미련스럽게 한길 걸을 때
당신 품속 향기 맡을 수 있을까?

아침 이슬 젖은 진홍빛 코스모스
하늘 향해 한들거리는 춤사위에
내 마음은 어린아이 웃음꽃

흐르는 세월의 강물에 상한 마음 씻어 내
물안개 피는 강가에 서서
저 홀로 노래하지 않으랴?

때

결정적일 때
평범한 때
찾아오겠지

평범한 때
결정적일 때 이어 주는
끊어지지 않는
동아줄이리라

평범한 때
뛰지 않고
걸어가야 하리라

오늘도 행복합니다

오늘도 행복합니다. 은혜받고 살았습니다
숨 쉬는 순간을 기억하고 감사합니다
오늘도 행복했던 날을 추억하고 감사합니다
그리운 추억 만들어 준
그분 때문에 감사합니다

오늘, 평소에 잘하지 못한 그분께 전합니다
사랑합니다. 어머니!
진심으로 사랑합니다

지금, 하늘나라 계신 어머니
한없이 인자한 커다란 울타리
내게는 결코, 넘어지지 않을 줄 알았는데…
어머니! 함께 있을 수 있는 날
내게는 끝이 없을 줄 알았는데…

오늘, 지나온 날 다시 생각해 봐도
어머니! 당신이 있어서 나의 삶은
말로 다 할 수 없는
사랑을 머금고 자란 얘기로
꽃 피는 동산을 이루었습니다

논둑

쟁기날 서도록
마음에도 없는 땅 갈아
하나의 빛깔로
타다 남은 재처럼 익어 버린
농부의 굵은 손길에

별빛 마주 보다가 눈동자에 깃든
송골송골 흐르는 땀방울에

몇 번이고 휘다 꺾이다가
부러지지 않은 바람 같은 소망에

파란 하늘에 젖은 마음
척박한 땅에 내려오다가
부끄러워 마른 가지에 앉아

가는 길 내내
못다 핀 코스모스 향 따라
길을 잇는다

투정

연분홍 코스모스
찬 이슬에 얼었다가

가을 햇살 타는
마음 녹여 낸 은근한 향내

지평선 바라보며
길 가는 나그네 오후

마음속 추억까지 붙잡고
놓아주지 않으니 어쩌랴!

져야 하리, 꽃처럼

겨우내 축축한 땅
거친 숨 몰아쉬며
남겨 놓은 꽃술 하나

다시 지지 않을 것 같이
화려한 자태
비할 데 없더니

가슴 시리도록
아름다운 꽃송이
간밤 빗소리에
천둥처럼 떨어지니

너와 나
마음눈에 새겨 둔 꽃도
져야 하리
달콤한 열매 손에 들고
나타날 식탁을 위해

눈물 젖은 빵

광야 길에 서 있는 인생
늘 목말라합니다
애탑니다

울며 매달려야
하는 일도 있습니다

에덴을 떠난 인생
길을 잃고 방황합니다

그 눈물에 젖은 빵을
먹어 보지 않아서…

돌고 돌아 지치고 고달픈 인생길에
하늘의 만나 먹고
반석에 나는 생수 마실 수 있다면

생명의 떡 먹고
환희의 눈물 흘리겠지요

숨결

태고의 언어처럼
처음 마시는 공기처럼

잠든 조약돌
깨우는 강물처럼
흘러라

꺾인 가지에
새잎 나고 꽃피어
그 향내로 열매 맺기까지

여기서 거기로
가녀린 햇살로 숨 쉬는
잎사귀처럼

계절 길목

봄, 갓 피어난 새싹 나고 들면
싱싱한 여름 기다란 나래 편다

거친 땅 깊이 파고들어
땀 흘려야 짭조름한 삶의 맛

배짱이 한없는 노래에
길어진 여름날 시냇가 발 담그고
느티나무 그늘 시원함 즐길 때

싱싱한 이파리 사이 감꽃
볼그스레한 얼굴 화장
확 트인 들녘 논둑에 길어진 가을

하늘 호수에 기러기 높게 올라
지치고 늙은 겨울 앞에 설 때
뙤약볕 모진 열기
밤마다 식히느라 잠 설치던 밤
가슴에 구르는 조약돌 하나둘
매만지며 음미하리라

지지 않은 꽃

꽃잎 자태, 우아한 모습
기가 막혀 말문 막혀요

꽃들의 웃음
얼마나 사랑스러운지
내 마음에 숨은 사랑
훔치려 하네요

꽃잎 향내 어찌 고혹적인지
그대 향에 나도 몰래 걷는 발걸음
놀라 멈칫해요

파란 하늘 다가와 살며시 입술에 키스하니
바람난 꿀벌처럼 설레는 맘 안고
그대 찾아 들길 달려갑니다

그대 내 마음에 피어나
살짝 깨물고 싶은
지지 않은 꽃

익어 가는 가을처럼

늘어진 여름날 뒷마당
널어놓은 가을 익어 가니
내 마음도 함께 따라 익어 가면
얼마나 좋으리오

그저 저 너른 들판에 배때기 드러내 놓고
눈부신 태양만 바라다보면
가슴 깊이 열매 익어 가겠거늘
인생이야 어찌 그리 쉽게 익어 가리오

맛있겠거니 했는데 설익은 감처럼
여전히 떫은맛에 말문 막히니
가을빛 잦아들고 가는 걸음 더디니
어느 때야 달콤한 미각에 이르리오

어디서 날아왔나 제 세상 만난 듯
하늘까지 저 멀리 밀어내 놓고
춤추는 고추잠자리 잘도 노니는데

무심한 강물 위에

하릴없이 쏟아지는 햇살 엮어

한 올, 한 올 옷깃 수놓아

해 질 녘 고운 님 마중하면 어떠리오

바로 당신!

옛 성터에서 한 번 본 사람 같은 그대
아직 잊지 못해
들국화 향기처럼 끌립니다

좋은 날 기꺼이 기쁨 감추지 않고
슬퍼할 때 가슴을 짓누르며
함께 힘을 덜어 주던 그대

멀리 있어도 함께 푸른 하늘 바라보며
끊어지지 않은 사랑의 동아줄로 묶어 놓고
영롱한 아침 이슬로 수놓는 당신

그대 이름을 떠올리면
흰 구름 사이로 미소 짓는 당신
함께 사랑과 미움의 날줄과 씨줄로 엮어
끊어질 줄 몰랐는데,
눈 내리는 골목길 가노라면
창문만 서성이다 그냥 갑니다

지나고 나면 소중한 사람

소슬한 가을비에 저 멀리 멀어져 갈까
서릿발 돋는 길이라도
아름다운 겨울 이야기 만들어 가요

다시 채우는 깊은 골 물처럼,
아침마다 두 팔 벌려 숲 향 가득 안고
찾아오는 푸른 잔디처럼 그대,
그리움만으로 다 채울 수 없는
향기로운 이름입니다

詩란?

詩란?
마음에 깊이 잠든 생수
한 바가지 길어 내어
벌컥벌컥 마시고 트림하는 소리라

먼 산 하얀 눈발 머리에 이어
침묵으로 한 시절 지켜 내는 산봉우리
한 발짝 더 걸어가 홀연히 만난 새싹

뙤약볕 그늘에 뛰놀다가
먹구름 와락 달려와 잿빛 하늘
쏟아지는 소낙비 지난 후 벌판 너머
은근히 자태 뽐내며 나타난 무지개

무르익은 콩밭 걷어 내고
하늘 높이 뛰어오르는 메뚜기 한 쌍
느티나무 옆 마르지 않은 샘
걸터앉은 두레박 곁으로 마실 나온 들꽃

반딧불로 길 밝혀

옛이야기 들려주는 시골길 여행
마주쳤던 별들의 자잘한 수다
타는 목구멍으로 넘어가는 노을
촐랑대는 골짜기 사이로 흐르는 물

꿀벌들 요란한 발소리에 놀라
튀어나오다 마주친 길 잃은 들꽃 향기

산과 들, 하늘과 바다, 숲속 꽃과 나비
한 마디, 두 마디 말 걸어 올 때
눈과 귀 응대하고, 손바닥, 가슴으로
함께 가자 화답하는 노래

詩란?
가을 길 따라 내려온 하늘
피어난 붉은 코스모스
그윽한 향기로 말 걸어 올 때
설레는 마음으로 화답하는 몸짓 아닌가?

아름다운 가을

아름다운 가을 하늘 더 푸른 건
그대의 마음, 하늘가에 살짝
닿아 있기 때문입니다

아침 이슬 수정같이 맑고 영롱한 건
바라보는 그대의 눈 사슴처럼 착한 눈으로
바라보기를 멈추지 않기 때문입니다

내 마음 설레도록 하염없이 지는 낙엽
황혼에 붉게 물든 건 그대 가슴에
심어 놓은 사랑 싹텄기 때문입니다

소슬한 바람결에 흔들리다 뿜어내는
들국화 향 그윽한 건
나그넷길 지친 마음 응원해 주는
그대 손길 때문입니다

동네 오솔길 따라 피어난 해바라기
아이처럼 밝게 미소 짓는 건 그대와 함께
꾸던 꿈 넘어졌을 때 툭툭 털고 일어나

다시 순례자의 길 걸어가기 때문입니다

가을 길 무르익어 더 깊고 길게 우아한 건
고요한 아침 안개 자욱할 때
그대, 기도 손으로 길 닦아
마중하기 때문입니다

흐르는 강물 따라 펼쳐진 드넓은 바다
내려앉은 노을 찬란하여 가슴 뛰는 건
태워도, 태워도 꺼지지 않는
변함없는 그대의 사랑 때문입니다

가을 노래

드높은 하늘에 무르익은 열정
뒤틀린 논길,
돌짝 밭고랑에 듬뿍듬뿍

산과 들 울긋불긋
꿈으로 물든 잎새
손바닥 깃들고

높고 푸른 하늘
꿈 실은 바닷길
넘실대는 황금물결에
외로운 향기로 이어 주는 들길

더 깊은 쟁기질로
더 깊은 호흡으로 화답하는
산과 들 패인 굵은 허리

은하수에 뿌려 놓은 들길
가을밤 읽은
시와 노래 절로 난다

단감나무

칠월 칠흑 같은 장맛비
견뎌 내면 푸르던 그 청춘

울긋불긋 연인 같은 가을 길
찾아가면 홀로 남아
장독대 지키는 내 주먹만 한 단감
아가 볼 닮은 그 미소 달달하다

오륙 년 기도와 정성의 밥을 먹더니
키가 내 친구처럼 자랐다

하지만 자꾸 집을 나가려 해
떠나보내기로
아픔 마음 달래며 결심했다

그 언젠가 하늘 높은 가을 오면
옛 친구로 반겨 줄 날 이르려니

감사로 여는 하루

좋은 아침 저절로 열리니
맑은 새소리에 봄부터 함께한 태양
웃어 주니 감사하여라

상쾌한 공기 폐 깊숙한 곳까지
들이마실 수 있어서 새달 맞이해
기도하는 고운 손 있어서 감사하여라

하늘의 하나님, 우리 잠든 사이에도
졸지도 않고 꿈의 나라 설계하고 계시니
감사하여라

오늘도 그리워할 사람 있어서
국화꽃 향기처럼 고운 향
발하는 사람 바라볼 수 있어서 감사하여라

빙빙 도는 지구 때문에 어지럽지만
사랑으로 하루 열게 하시니 감사하여라
착한 그대 함께 순례의 길
갈 수 있어 감사하여라

길이 길

에덴동산 선악과(善惡果)
찾아가던 길

칼데아 우르 떠나
갈 바를 알지 못하고 약속의 땅을 향해
별을 보고 가던 길

나일강 줄기 붙들고
애통(哀痛)하며 부르짖어
홍해길 열어 광야 가던 길

우는 사자들 득실대는 흑암 길에서
빛을 보다 눈먼 길
복락(福樂) 이어 주는 사랑의 길

견딜 수 있겠느냐?

광야에 꽃 피고 새 울 때
홀로 서 있는 길
견딜 수 있겠느냐?

다함이 없는 박수 소리 영광 뒤덮을 때
잃은 양 우는 소리에 귀 기울여
혼자 가는 거친 길, 견딜 수 있겠느냐?

밤낮 꽃 피어
열매 풍성한 잔치로 시끄러울 때
심어도 거두어지지 않은 땅
견딜 수 있겠느냐?

깊은 골 솟구치는 물줄기
내를 건너 들길 가르는 나그넷길
멈추지 않을 때, 견딜 수 있겠느냐?

하늘과 거친 땅 갈라져 뒤바뀔 때
생명과 仁愛의 줄 붙잡고
끝까지 견딜 수 있겠느냐?

그대의 두 손

어두운 밤에도
별처럼 조용히 빛나는
기도의 손이 있어

긴긴밤 두려움만 남기지 않고
별빛과 함께
새벽 여는 고요한 장막

은하수 시내에
물 흐르듯 갑니다
그대의 두 손과 함께

野花今愛 14

초겨울 함박눈 펄펄 내려
산과 들 하염없이 덮어
새하얀 세상 만들어
아무도 숨 쉬지 않는 세상

아무도 불러 주는 이 없어도
아무도 돌아다보는 이 없어도
하얀 초원에 길 가는 나그네처럼
꽃 피어 향기 발하는 들꽃

나그네 외로운 발길
나그네 시린 가슴 한 아름 안고
저 하늘 붉은 노을에 맞닿아
뜨거운 심장 다 식기까지

지금 사랑의 길 열어
끝없이, 끝없이 함께 갑니다

젖은 발자국만
남겨 놓은 채…

침묵(沈默)

꽃들의 화려한 춤사위
잦아들자

젖은 낙엽 하염없이
뒤안길로 뒹구누나

함박눈 펑펑 내려
가는 길 흐려지니

고요한 산과 들
넌지시 말을 걸어 오누나

野花今愛 15

가을비 시도 때도 없이
추적추적 내리니
가을인가?

지금 어느 때인가?
들을 보아라
허허벌판 숨은 들길뿐

만발하던 들꽃 어디 가고
뜨거운 가슴만 태우는 당신

앞마당, 뒤란에
어찌 홀로 바쁜 손, 서두는 발길
쉴 틈 없이 서성이는가?

가을비 촉촉이 내려
텅 빈 들판에 홀로 서 있는 당신

이제야 아스라이 내 눈에 밟히니
어인 일인가요?

세월

흘러 버린 강물만큼이나
골 깊은 나이테에 쌓인
너와 나의 옛이야기

느려진 육신만큼이나
가을밤 기러기 빠른 날갯짓

함께 등 긁어 주는 맛 느끼려니
아름다운 산과 들, 꽃, 흙냄새
치명적인 유혹 어쩌리오

머언 바닷가 모래성 쌓아 두고
함께 꿈꾸던 너와 나
친구처럼 밀려온 파도에
쓰러지는 꿈의 조각들

고운 손 매만져
그 흔적 길고도 긴 인생 여정
꿈의 나래 이어 주네

좀 붙잡지 그랬어요?

좀 붙잡지 그랬어요?
어찌 그리 빨리 가는지
잘 지내고 간다는 손 인사라도 하고 가야지

좀 말 좀 걸지 그랬어요. 낙엽 태우는 연기에
눈물 흘리며 추억에 멍든 가슴
달래 볼 겨를도 주지 않느냐며

좀 붙들지 그랬어요
알밤처럼 톡톡 떨어지는 알갱이
보물덩이처럼 남몰래 줍느라
숨은 미소 지어 보도록

그래도 님께서 늦가을 비에 젖어
집 잃은 생쥐 신세 면하고
후배들 영성 훈련에 어우러져

마른, 이 가슴에
은혜의 단비 내려 달라 몸부림했으니
늦가을 붉은빛 미소 보내리라

길 떠나는 아침

초원의 아침 공기
밀어내는 사슴 발걸음처럼

그렇게 누구에나 오는 아침
여느 다른 아침처럼 오는데
왜 이리 가슴 두근거리나요?

낯선 이별 앞두고
두근거리는 가슴 달래느라
어찌 찬 기운 밀어내고 계시나요?

지구는 둥글고
태양은 고루 비춰
아린 가슴 달래 주리라 믿어요

따님 앞길에 주의 말씀의 빛, 길 되고
주의 품,
방패와 산성 되길 기도합니다

12월 달맞이

12월 아침을 깨우는 손 밤새 씨름하다 이제야
빛을 봅니다. 언 땅 두드려 깨고 일어나
처음 파란 하늘과 눈 마주친 새싹처럼

성급한 진달래꽃 나들이에 화들짝 놀라 함께
깔깔 웃어 대던 개나리꽃 싱그런 웃음처럼
어느 날 갑자기 푸른 하늘 덮어 놓고
하얗게 꽃비 내리는 그날처럼

장승처럼 멋없게 온종일 봄날 지키던 목련
새하얀 얼굴 새초롬 내어 놓고 미소로
말 걸어 올 때처럼 어느 날 뒷산을 물들이던
철쭉꽃 살며시 동네 언덕까지 내려와
핏빛처럼 불 밝히던 그 밤처럼

하늘의 마음 소중히 가슴에 담고 담아
낮은 곳으로, 더 낮은 곳으로 내려와
하얀 천사, 노란 천사 날개 접고
길동무하는 민들레처럼

이제 더워 길 나서기 민망할 때
코끝 자극한 것으로 모자라 두 눈 유혹하고
마음마저 사로잡아
하염없이 울타리 너머 들길로
야산으로 가신 님 찾는 장미꽃처럼

끊어질 듯 아픈 허리 부여잡고 오직 그날만
생각하고 손가락 끝 아픔도 외면한 채
논 자락에 심은 모,
이제나저제나 타는 논바닥에
쏟아져 내릴 비 기다리는 새하얀 밤처럼

처음엔 좋았으나 좋은 것도 한두 번이지
시도 때도 없고 낮과 밤도 없이
내리는 장맛비
내 세상입네 하고 천둥, 번개까지 치며
산을 깎고 들녘 넘나들어 배짱 튀기는 비처럼

햇빛은 쨍쨍 모래알은 반짝 그 뜨거운 기운에
하늘 높은 줄 모르고 자라는 벼,
공동묘(共同墓) 밭 어머니 손끝에 노니는
콩대, 참깨, 푸르러 얼굴 익은 붉은 고추,
가만히 엎드려 땅만 기는 고구마 허리 밟고

승리의 쾌재 부르는 이글거리는 태양처럼

코스모스 향내 길손 붙들고
하늘 꿈 얘기로 멋진 가을 길 만들어 갈 때
허둥지둥 깨어난 잠자리 제 갈 길 찾느라
이리저리 쏘다니는 여유처럼

기나긴 여름도 저 멀리 밀어내고
하늘 더 높게
들에 황금물결 더 넘실대게,
앞 뒷마당 감나무 얼굴
막 시집온 새색시 볼때기처럼
붉게 만들어 놓고
한없이 여유 있는 웃음으로
하늘 모자 쓴 해바라기처럼

하얀 나비 가벼운 날갯짓에도 견디기 힘들어
지친 잎새 땅에 팽개치듯 떨구어 놓고도
여름내 알토란 열매 만들다 얼굴 상한 것
내 탓이라 여기며 가을비에 숨소리까지 죽여
어느 한때 추억하는 붉게 쓰러진 낙엽처럼

목숨 걸고 쉼 없이 달릴 수 있는 마라톤 경주

다 달리고 호흡 끊어질 듯
길바닥 아무 곳이나
내던져 두고 그저 여기까지 달려온 것
기적으로 여기는 마라톤 경주자처럼

이제 옷깃 여미고 이 땅을, 저 늠름한 산과 들
쉼 없이 흘러 생의 동반자 되어
흘러 흘러가는 시냇물 내어 주고도 모자라
기막힌 일에도 굴하지 않고
다시 새 힘 내어 호흡 줄기 이어 가도록
격려의 손 내밀어
사랑의 무대 끝까지 열어 주는
그 님 앞에서 새하얀 걸음
살짝 내밀어 봅니다

* 2017년 11월 30일 목

바람, 바람

그대는
하늘 나는
길 잃은 작은 파랑새

그대는
탁한 머리
맑게 하는 찬바람

그대는
설레는 마음에 들락날락
꽃바람 이는 훈풍

5장

겨울: 흰 눈에 발자국, 시린 마음에 뜨거운 정

(2017년 12월 1일~2018년 2월 28일)

어머니의 장독

野花今愛 16

밤새 서성대다
길 잃은 서산 태양

들녘 훈풍에
마르지 않은 풀잎

찬 서리 아침 인사에
살 뚫는 바람
정겨운 겨울옷 삼아

부엌, 뒤껼 장독대, 텃밭 나물
무던히도 드나들던 동창 고샅길

이제 쓸쓸히 가신 님
기다리니
이제야 사랑인가 그리움인가?

가슴으로 답하라

가도 가도 끝이 없으니
길인가

밤새워 마셔도
갈증 난 목, 달랠 수 없으니
생수인가?

일어서다 넘어지길 골백번
희망인가?

아픈 마음 고치려다
깨어 버린 거울 수백 장
천형(天刑)인가?

손톱 닳도록
쓴 뿌리 뽑고 뽑아 산처럼 쌓으니

허물인가?
머물지 않은 사랑인가?

알게 하소서

새벽 열어 희미한 안개 사이로 피어나는
햇빛 일렁이는 희망이라는 손짓
나를 향하고 있음을

수고하지 않은 나뭇가지, 조약돌 사이 시냇물
추위와 눈발 사이로 두 손 꼭 붙잡고
하늘 향해 얼굴 내미는 잡초
친구 될 수 있다는 것을

어느 날, 어찌 새벽 도적같이 왔는고
뜬눈으로 밤샌 날, 이게 사는 것인가 하고
괜히 시드는 저녁놀 보고
탓할 때도 있다는 걸

하루 고단한 팔다리 내려 방바닥에 뉠 때,
그래도 마음 한구석에
그리워하는 이 끌어안고
꿈같은 내일 소망하며 자리에 눕는 것이
행복의 조각인 걸

여명이 누구의 친구인가?
일렁이는 푸른 파도는 가까이할 수 없는
멀어진 나의 상처인가?

다정한 이 떠난 후 마음 둘 데 없어
나도 모르게 찾은 솔밭
뒷동산 봄 꿈 담은 품처럼 반겨 줄 때
은혜인 걸

땅거미 지는 언덕 외로운
저 나무도 다정한 벗
푸른 청춘 다 불태우고 길가에 철퍼덕 쓰러져
추억의 발자국 남기는 낙엽 앞에
어둠 짙어 올수록 별빛 가득할 때

아! 진실이구나
아! 사랑이구나
아! 은혜구나

내 심장 고동칠 때
배우는 삶인 걸

오늘

오늘도 맑고 푸른 하늘에
작은 꿈 하나 그리는
생의 한 골짜기 되소서

물안개 따라 오르는 태양
따스함 느끼고
시린 가을비도 밀어내지 않게 하소서

기약 없는 겨울 길 이어 주는
함박눈도 환한 얼굴로
반기게 하소서

고단한 몸 구들 안을 때
옛 친구처럼 꿈나라 여행
기쁨 되게 하소서

삭풍(朔風)

겨울 더 깊어야
어쭙잖은 촐랑 새
잦아들고

삭풍에 시린 가슴
더 아려야!

애타는 사랑
더 깊어지리

함께 가는 길

그대와 함께 맞이했던 태양 찬바람에
시들기까지 그대의 마음 올곧게 하나 되어
푸른 솔 하얀 눈,
머리에 이기까지 함께 마음 나누고

얼음 녹여 붉은 동백 찾던 때도
꽃향기 따라 나비처럼 함께 꽃동산 거닐 때도
장맛비 쏟아져 앞길을 막아설 때도
뙤약볕 머리에 쏟아져 내려 대지를 달굴 때도

지친 마음 다잡아 착하고 아름다운 길 찾아
고운 손과 발 아낌없이 내민
그대가 내 곁에 있었소

이제 열정 다하고 길에 쓰러지듯 누운
낙엽 사이로 북풍에
차디찬 눈 앞길 가로막아도
생명 사랑하고 다시 피어날 소망을 위해
기꺼이 긴긴 겨울바람
온몸으로 달궈 낸 훈풍으로

봄꽃 피워 내자 다짐하는 그대의 손길

그대의 시린 손,
내 작은 가슴에 품고 약속의 그날까지
기꺼이 함께 나아가리라
그대와 함께 걸었던 오솔길 돌아볼 때마다
품속 사랑, 향으로 피어나니
그대의 마음과 정성이 아니리오?

지는 낙엽에 함께 봄꽃 피기까지
언 땅 불어오는 찬바람
기꺼이 막아서는 그대의 눈길을 사랑합니다

저무는 해 뒤안길

머나먼 길일지라도 다시 오겠다고 약속하신
그분을 기다리는 길이기에
광야를 지나고 험산 준령 넘어
순례의 길 갑니다

그대 지구 저편에 있으나
한결같은 바위처럼 믿음과 사랑으로
메아리 보내고 동녘에 커다란 횃불
떠오를 때, 순결한 그대

동해 물결처럼 바닷물에 씻긴 태양처럼
고운 숨결로 기도하는 그대 두 손
아침 창을 열어 줍니다

방긋 웃는 미소가 반가워
한걸음에 달려가 뛰는 가슴으로
새벽길 달려온 이슬 크게 들이켜 봅니다

찬란히 타올랐던 올해 서서히 역사의 무대
사라져 가는 때에도 그대와 함께 손잡고

작은 몸짓에도 진실과 인애의 나래로
창공을 날 수 있어 은혜 아닌지요?

처음처럼 보았던 동해의 태양
다시 처음처럼 서녘 하늘에 띄워 보내며
처음처럼 그대를 사랑하고
처음처럼 한결같은 그대를
사랑하고 축복합니다

장미 향

장미꽃 길 열어 가는 길
그대와 함께라서
추위도 피해 갑니다

가시와 엉겅퀴 나는 세상에
붉은 장미 향으로 꽃동네 만드는
그대를 사랑합니다

연미색 장미꽃에 담긴
그 눈빛으로 사랑을 보내는
당신을 기뻐합니다

거칠고 메마른 땅
나그넷길 열어 가는 그대의 미소에
강물 따라 끝없이 함께합니다

옛적에 심어 놓은 마음
그대 가슴에 나는
장미꽃 사랑 있어 행복합니다

다짐

차가운 북풍에 생기 넘치는
그대의 볼때기 붉게 얼리나?

강변길 조용히 걷다 강물에 비친 태양
새벽 깨우던 눈빛으로 한 번만 쳐다보라

내 가슴속 그대 향한 따스한 입김
태양에 스며 물안개로 피어나리라

큰 바위처럼 늘 푸른 잎 자랑하던 나무들
한때, 영화에 붉게 물들더니
시린 바람에 모두 다 내려놓고
찬 서리 머리에 이고 홀로 서 있으니
이때 아니면 그 언제 자신의 참모습 내다보리

십자가 앞에 두고 이때를 위함이 아닌가?
하던 님의 음성 떨려 오누나
탄성과 환호 속에 즐거워하던 무리
가을비에 낙엽처럼 어디로 다 떠나고 없는가?

단맛 나는 과일에 영광 내어 주고도
저렇게 땅에 내려앉은 길모퉁이 낙엽

붉게 타오르던 정열의 태양
비바람 찬 서리 내린 호수에 식은 꿈
동해에 일렁이는 태양처럼
맑고 영롱한 얼굴로 다시 깨어나리라

일어나

찬 이슬 헤치고
깨어난 새벽처럼

새벽 깨워
자신의 마음 닦는 거울처럼

지치고 흔들리는 몸
이리 뒹굴 저리 뒹굴 깨워
마음 한구석까지 닦아 내어

작은 가슴으로
널따란 하늘에 크게 한 번
호통치면 어떠리오

눈길 하나

새벽 공기 가슴팍
파고들어도 싫지 않은 것은
새벽 깨우는 사람의 긍지에서
오는 상쾌함이리라

새벽길 걸으며
기쁨으로 길 가는 것은
그 누가 새벽 열어 놓은 길에
마주했던 그 눈길 잊지 못해서이리

몇 마디 글 속에 마음 적시고
새 힘 얻는 것은
들에 핀 작은 꽃 한 송이에도
훈훈한 손길 보내는 정(情)
아직 식지 않은 뜨거운 춘정 간직한
그대의 푸른 꿈 때문이리라

참 좋다

신선한 바람, 차가운 바람
머리를 맑게 하는 바람 있어서 좋다
변치 않은 아침
어두운 내 창 열어 주니 좋다

밤새 꿈 달궈 새벽이슬 머리 젖기까지
기다려 준 이 있어서 참 좋다
홀로 광야길 가도 그림자처럼
함께 가는 태양 빛 있어 좋다

길은 멀어도 언제나 마음자리에
남녘 바람의 약속 있어서 참 좋다

가을 단풍에 나그네 옷자락 화려해지고
지친 어깨에 그대와 함께
이야기보따리 하나둘 늘어 가서
난, 오늘도 참 좋다

그 마음 어디 어쩌랴!

꽃향기 토하는 외로운 듯 외롭지 않은 에덴
낙원인가? 백 년을 열 번 살아야 천수
님과 동행하느라 삼백 년만 살아
하늘에 들어간 이여!

하나님의 아들들, 사람의 딸
사랑한 것도 죄인가?
그들의 날이 일백이십 년이 되리니
홍수 오리라 약속한 지 일백이십 년
방주 만들어 홍수에 배 띄우니
겨우 여덟 명이라

청운의 꿈 저마다 가슴에 품고
고향 떠나는 이 얼마던가?
혈혈단신으로 부름을 받아
갈 바를 알지 못하고
약속만 따라간 이 몇이던가?

형들의 멸시와 천대가 결국 낯선 이방 땅에
노예 신세 못 면하고 몇십 년인가?

낯설고 물선 이방 땅,
엄마 없는 설움 느껴야 했던 목동
늙으신 어버이까지 품으니 그 가슴 어땠을까?

어린 양 피를 발라
살아남은 자의 희열을 맛보고
홍해의 영광 두 눈에, 온몸에 새겼건만
광야 사십 년, 겨우 두 명만 요단강 앞에 서니
그 애달픔 어쩌랴!

광야에 외치는 소리 따라 구름 떼처럼 몰려와
여기저기 떡과 물고기 먹던 사람들의 환호와
행복 그지없었는데…

외로이 침묵하는 눈빛,
아우성치는 군중 십자가
일어나 함께 가자 불러 주던 그 음성
마음에 새기고 따르는 자 그 어디에 있는가?

그 님 오시면 / 野花今愛

한사코 무얼 기다리나?
기다리다 밤 지샌 날 얼마인가?
기다리다 졸다, 기다리다 졸다가
밤이슬 머리 젖은 줄 모르고
꿈에라도 올 줄 기다린 밤 얼마인가?
오지 않을 님 아닌가?

한사코 무얼 비는가?
정화수(井華水) 떠 놓고 싹싹 비비며
정성 다하여 빌고 빈 날 얼마인가?

제물이 부실한가? 제물이 모자란가?
정성 쏟고, 애정을 쏟고, 피를 쏟아부었건만
다시 피 묻은 제물 들고
성소에 드는 일 일상이 되다니

태풍에 바닷길도 열어 보고
자갈밭 일구어 풍요한 논밭, 일구어 보았다
풍성한 오곡백과로 알뜰살뜰
제사도 드려 보았다

아직도 갈 길이 멀다
아직도 한숨이 난다
아직도 눈물이 난다

그 언제인가? 그 누구인가? 그 무엇인가?
입이 마르고 목이 타올라 기다린다
터질 듯한 가슴 안고 그날을 기다린다

그 님 오시면 자유하는데,
그 님 오시면 풀려나는데,
그 님 오시면 눈을 뜨는데,
그 님 오시면 어둠 물러나는데,
그 님 오시면 영영 이별 없는데,
그 님 오시면 너와 나
손 맞잡고 기뻐할 텐데
그 님 오시면 저주와 죽음에서 벗어나
덩실덩실 춤을 출 텐데

베들레헴, 떡집에 오신 가난한 자의 생명의 떡
광야에 타는 목마름 달래 주러 오신
마르지 않는 생수
군중 속에 외로운 길 홀로
외로운 나그네 친구 되어 주신 예수

가지 말라는 손 뿌리치고 죽음 죽이기 위해
십자가로 한 걸음, 한 걸음 걸어가 마침내
생명 살리는 피 흘린 예수

세상 모든 환란 당하여 애통해하는 자 곁의
위로자 상한 자 어루만져 치료하는 자
자식 잃고, 부모 잃고
눈물 흘리는 자와 함께 울려고
세상 끝날까지 함께하는 예수 우리의 구원자

아직 서성이는가? 아직 찾고 있는가?
아직 망설이는가? 아직 의심하는가?

와 보라!
베들레헴, 떡집으로
기쁘다, 구주 오셨네

당신의 품

차가운 겨울날에도 훈풍 이는 건
봄볕에 피는 작은 꽃
향 같은 그대의 품

상하고 슬픔 가득 안고
가다가도 눈물 머금고 다시 웃음 짓는 건
친절한 손길 하나, 따스한 미소로 어두운 그늘
몰아내는 그대의 정

지쳐 어찌할 수 없을 때
포근한 숲, 여름내 달궈 둔 숲
너른 가슴으로 내어 주는 당신의 품

하늘 같은 인생의 짐 지고
길 가다 멈춘 막다른 길, 어찌할까?
밤하늘 내리는 별빛으로 은하수 밝혀
이부자리 삼아 주던 당신의 품

아직 저 언덕에 자리하네
너와 나 작은 품으로 만나는 곳

다녀간 자취

다녀가신 발걸음
서녘 하늘에 물든 낙엽 같고
동녘 하늘에 타오르던
햇볕 나는 함박눈 같지 않은지요?

살며시 꽃술에 달아 둔 꿀단지
지나온 삼팔선 칠십여 년의 세월
목양하듯 길러 낸 정성
오롯이 사랑의 달콤함 우려냅니다

낙엽 지고 눈발 쌓이다 녹다가,
쌓이다 녹다 그 언젠가 사라지건만
가슴에 품은 향, 기나긴 겨울 추위
능히 이겨 낸 향 아니리오?

나그넷길 저무는 겨울밤
소복이 내리는 겨울 자락 접고
사랑하는 어머니와 평안 누리길…

곧 오소서

안녕 못 해 어찌합니까?
이불 둘러쓰고 엎디어 경배해야겠군요

별빛 아래 곡식 거둔 휑한 들녘
옹기종기 모여 가난 울타리 삼아
빛을 기다리는 사람들

허리 휘도록 일생을 살아온 길
다시 허리 구부려 세월의 무게
힘 겨루는 노인의 수레

은혜 있어라
평안 있어라
위로 있으라
언덕 너머에 소망 있어라

낮은 데로 오신 아기 예수 찬양!
다시 낯선 길 떠나는 아기 예수 찬양!

별빛 따라

기다려도 되나요?
기다리다 한이 되어도
또다시 기다리는 밧줄 놓지 않고
가슴에 둘둘 말아 기다려야겠지요

태고부터 이어 온 어둠을 깨는
빛이라도 있다면 기꺼이 붙들고
홀로 밤길 가도 되겠지요

아직도 배고프다 아우성치는
들을 지나 험산 준령 넘어
갈증 난 목구멍 달래 줄 생수 찾아
파도치는 겨울 바다라도 건너
별빛 따라 길을 갑니다

떡집에서 만난 그대는 기대한 영웅도
능력자도, 왕도 아니었지요
어린아이가 뭘 하겠어?

가슴에 뛰는 설렘 감출 수 없어 길 갑니다

다시 끝없이 이어지는 별빛 따라갑니다

다시 목 놓아 매달리지도
다시 동아줄 굵게 감지 않아도
내 가슴에 빛으로 설레
반딧불처럼 너른 밤길을 갑니다

별빛과 어둠이 만나는 그곳에
괴나리봇짐 내려 베게 하고
오가는 길 만난 별빛들의 속삭임을 추억하며
새벽길 꿈꾸렵니다

한 발걸음에 한마음

찬란한 태양의 밝은 미소로 깊은 밤 열어
사랑의 얼굴로 마주 보는 당신이 있어
온 세상은 아름다운 향기로 피어납니다

타오르던 태양 부끄럽게 할 만큼 차가운 바람
휘날리는 눈보라 세상 뒤덮어도
당신과 함께 가는 길
광야의 불길처럼 환히 타오릅니다

아침부터 저녁까지 쉼 없이 애쓰고
착한 일에 힘쓰는 이들의 등 기대고
고단한 마음을 녹일 따스한 품 위해
태양의 눈 감길 달빛 그늘에 다가갑니다

꿈 약속받고 겨울잠 자는 작은 벌레처럼
너와 나 함께 꾸는 꿈 비록 작을지라도
땅 일구는 수레바퀴 자국에
내 마음 실어 순례의 길 갑니다

저 언덕 너머 희미하게 사라지는 순간까지

지켜보는 어머니의 눈길처럼
나의 등 뒤에 바라보는 당신의 숨결
지친 마음 한 아름 용기 얻어 갑니다

저무는 해에도 식지 않는
당신의 마음을 사랑합니다
가려진 태양 아래 고요히 숨 고르는
당신의 꿈을 함께 가꿔 갑니다

마음 한 자리

한 해가 저물어 가니
마음은 저편에 자리하여
아직 미련 때문에 서성입니다

나의 눈과 당신의 눈길
만날 때 그리움이었고

당신 마음에 싹튼 관심
내 마음의 창 두드릴 때
내 마음의 사랑
햇살처럼 피어났습니다

저녁노을 붉게 물들이듯
당신과 함께 나눈 그리움의 정
아름다운 수채화 그려 놓아
설레는 맘으로 바라봅니다

또다시 이어 갈 동해의 붉은 나래
당신과 함께한 나날 설레
하늘에 감사 노래 불러 봅니다

마음 줄기

맑게 깨어난 새벽이슬의 게으른 자리
나도 머물고 싶다
씻긴 얼굴로 세상 바라보는 태양
눈길 닮고 싶다

기나긴 겨울 언덕 가까스로 숨 쉬는 숨결
그 고요함에 감사하고 싶다

다사다난한 한 해
고요히 지켜보며 모든 걸 눈에 담았던 달빛
고운 마음씨 배우고 싶다

땀 흘려 수고하고 애쓴 하늘과
한없이 내 발 든든히 받쳐 준 땅
은은한 감동, 누리고 싶다

함께 맞잡은 따스한 손, 바라본 반짝이는 눈
함께 걸었던 오솔길, 느꼈던 가슴 시린 정
저무는 노을에 고이 간직하고 싶다

내 양을 먹이라

내 어린양을 먹이라
팔아먹지 말고

내 양을 치라
때리지 말고

내 양을 먹이라
잡아먹지 말고

후회할지 모르니

사람들이 오고 간다
말없이 오고 간다

길이 낯설다
가끔 되돌아오고, 가끔 넘어져
아픈 무릎 어루만진다

지나갈 때 손 내밀어
서로 이웃 확인하면 좋겠다
마주칠 때 가벼운
눈인사라도 나누면 좋겠다

가끔 되돌아보며
가슴 따뜻해지면 좋겠다
눈발 날리는 날
시들지 않은 풀 한 포기 보는 것처럼

너와 나
먼 땅에서 왔다가
언젠가 소리 없이 떠나면
후회할지도 모르니까

산책

어느 가을 오후였을까
고천동 3층 세 사는 곳에서
주차장으로 내려가니
아래층 이웃 할아버지
밖에 나와 계셨다

얼굴을 마주 보고 안녕하세요
인사를 드렸다

그러다 마주친 낯선 물건 하나
아저씨 남대문에
뭐가 나왔는데요?

내려다보시더니 아, 이거
속이 답답하여 산책 나온 모양이지

나도 나이 들면
저렇게 여유 가질 수 있을까?

새록새록 새겨 보는 마음

어머니는 오십 대 중반에 남편을 떠나보냈다
시골집 커다란 마당, 방 네 개에 살림 곳간 광
운동장 같은 부엌, 측간은 따로 마당 가 저편

마당 가 텃밭에 나는 마늘, 상추, 무화과나무
나리꽃, 진달래꽃, 무심한 감나무, 하얀 목련
매화, 모두 시들 때 겨울 지켜 내고
함박웃음 짓는 붉은 동백

비록 바닥을 기지만, 시들지 않는 남녘
지키는 정겨운 푸릇한 들풀
그나마 외로운 마음 달래 준
어머니의 귀하고 정겨운 친구들

찬란히 빛나는 봄이면
언 땅 깨고 올라오는 새싹
반가웠을까? 무더위에 시원한 냉수라도
권할 사람 없어
어디서 끈적끈적한 땀내 밀어냈을까?
잠시 마루턱에라도 앉아 먼 산을 바라봤을까?

장대비라도 쏟아지는 여름날이면
비바람에 어둠은 누가 막아 주며
그 누가 천둥, 번개 달래 주었을까?

봄부터 허리 휘도록 가꾸어 오던 외갓집
공동묘지 밭 그 외로움 어디다 묻어 두고
서산, 해 지기까지 고구마
밑드는 줄 모르고 콩밭을 맸을까?

마른침 삼켜 가며 종일 밭 일구고 먼 길 걸어
시커먼 공룡 같은 집에 도착하면
등불 밝혀 두며 어서 오시라고
반겨 줄 이 아무도 없어
그 방문 열 때, 쓸쓸함
밤새 얼마나 아득했을까?

낙엽 지고 찬바람 불면
작게나마 객지 고생하는
자식들 목구멍에 못다 한 정 넣어 주려고
호호! 언 손 달래며 김장 김치 담아
택배 상자에 넣어 팔도강산에 보내 놓고
그 뿌듯한 마음 누가 함께 기뻐했을까?

눈이라도 오는 날이면 장독대 흰머리 쓰고
마당 가 나무들, 텃밭,
고샅길 온통 새하얀 천지
빗자루 들어 새벽길 여는 그 정성
그 어디서 다시 찾을 수 있을까?

홀연히 어머니 떠나보내고 나니
어찌 이다지도 그리운가? 어머니 시간
어찌 붙들고 놓아줄 줄 모르는가?

그대와 나

하늘 열어 새 아침
그대와 함께 맞이하니
참기쁨입니다

겨우내 시들지 않는 남녘 풀잎처럼
시련 중에도 소망 잃지 않고
찬바람 중에도 작은 미소
잃지 않는 소중한 하루
그대와 나였으면 좋겠습니다

어느 때도 지지 않는
사랑의 강가에 그대와 함께
노래 부를 수 있다면
참 좋겠습니다

나이테

주름진 햇살에 시베리아 주름잡던
하얀 눈 상큼하게 내리면
마음속에 자라는 나이테 새겨 봅니다

얼마나 단단한가?
얼마나 향기로운가?
얼마나 변함없는가?
값없이 받았는데,
얼마나 아름다운 것으로
꾸며 놓았는가?

얼마나 희망 주는 새싹이었나?
얼마나 아름다운 세상 만드는
향기로운 꽃이었나?
커다랗게 자라나 아낌없이
품 내어 주는 그늘이었나?

얼마나 반겨 주는 맛깔 나는 열매였나?
얼마나 석양 붉게 물들기까지
나그네와 함께한 걸음이었나?

아직 시들지 않은 장미꽃 창가
광야에서 밀려오는 아침 이슬
골짜기 돌 틈 시냇물 소리 들으며
헤아려 봅니다

바람

그대는
동녘을 바라보는
설악의 줄기 따라
흐르는 강물

밭 일구고
꽃 피워 낸 착한 미소

난,
서산을 향해 길 가는
나그네

강 언덕에
괴나리봇짐 내려 두고

흐르는 강물에 내 마음 엮어
상처받지 않을 사람처럼
살아 볼거나!

한 걸음 2

동해 물결 출렁대다
수없이 부딪친 얼룩 때문에
심술부리다 헝클어진 어둠
부끄러워 고개 숙일 때

고요한 아침 해맑은 미소로
새벽길 두드려
잠든 이슬 깨우면

들을 지나 고갯길 넘는
본향 찾는 나그네 발길

함박눈 내리는 소리
마음 씻어 내어
새벽 여는 노래에
꽃향기로 화답하리라

눈길 가듯 한 걸음,
한 걸음 노 저어 갑니다

살고 죽고

공자가 죽어야
나라가 산다?!

공짜가 죽어야
나라가 사는가?

예수가 죽어야
죄인이 살지

애수(哀愁)가 죽어야
희락이 사는가?

종교가 죽어야
신앙이 살지 않을까?

껍데기가 죽어야
새 생명 살지 않을까?

꿈꾸는 밤

찬 기운 머리에 이고
어둠 내리는 이슬

긴 밤 숨죽이는 동해에
머리 숙인 태양

동녘의 태양 베개 삼고
별빛 내리는 어둠 이불 삼아

광야 꽃 피는 숲
산새와 들짐승 어울려

너와 나 함께
하늘 노래하는 날
꿈꾸는 이 밤
그대 얼마나 소중한가?

첫발

찬란한 태양과 마주하는 하늘
꿈틀대는 검은 대지
적막 깨뜨리는 산새 메마른 하품

눈부시게 맑은 눈동자
꿈속의 달나라 첫발 내딛듯
한 걸음 걷는 그대

거친 골짜기 엎드린 무릎
저 멀리 뵈는 시온성(城) 멀지 않네

온유(溫柔)와 사랑의 향
수놓은 옷으로 치장하고
순결한 숨결로 광야 파란 하늘 날개로
초대하는 그대

오늘 한 길도
한 숨결처럼 함께하고 파라

부끄럽지 않으랴!

행복한 웃음소리
울타리 넘어
들을 지나니

어떤 꽃인들
부끄럽지 않으랴!

덕유산 등정(登頂)

봄볕에 심어 두었던
그리운 마음 찾아
늦가을 덕유산 오르니

반기는 건
하늘 맞닿은 상고대
잠잠히 내려앉은 깊은 골

외로이 가을 하늘 지키느라
저리 시리도록
하얀 팔 벌리나?

가을 물들이던 메아리
갈 곳 없는 마음
깊은 골 파고드누나

웃음보따리

무심히 보았는데
맑은 샘
솟아나는 물처럼

그대의 웃음
가는 길 내내
뒤통수 하염없이 두드리네

순간

순간,
영원에 유혹되지 않게 하라

영원,
순간에 잠들지 않게 하라

완전,
불완전에 내려올 수 없으나
불완전은 완전에 이끌린다

사랑,
스스로 설 수 없으나
단 한 번의 사랑으로 영원으로 빨려든다

짜장 80원

1970년대 이른 봄 지하 작업실
어린이 말 타는 고무공 만드는 곳
연탄불 여덟 개씩 넣어 벌겋게,
파랗게 불 지펴
접착제 칠로 말의 형태 만들어
커다란 쇳덩어리에 넣고 연탄불 위에 굽는다

난, 팔이 가늘고 힘이 없어 달궈진 쇳덩어리
반으로 자른 드럼통에 올려놓고
식히는 일이다
들어 옮기다 보면 손도 데고 팔도 뎄다
기다리던 점심시간이면, 목동에서
형이랑 자취하느라 도시락 싸 올 수 없어
짜장면 시켜 먹었다. 80원

사장은 말쑥한 차림의 경상도 신사 아저씨
지하 계단에 내려올 때마다
달려 내려오듯 쪼르르 잘도 내려왔다
난, 전남 함평 학다리(학교, 鶴橋)에서 갓 올라온
어리숙한 시골뜨기, 할 수 있는 건

요령 안 피우고 허리 휘도록
열심히 일하는 것
그렇게 한 달이 가고 기다리던
기대하던 월급날 봉투
일당 100원. 아~~~!

그다음 날부터 그 공장에 나가지 않았다
다시 길가 전봇대 광고 보고 찾은 곳
검은 물 안양천 건너 양평동 지나
당산동 가방 수출업체

아침은 연탄불에 밥, 그 속에 젓갈 한 종지
밥 한 숟갈, 젓갈 한 모금
점심은 3층 공장의 창가
같은 공돌이 공순이들 식당에서 밥 먹는 것
구경하는 일, 빨리 점심시간이 지나면 좋겠다

난, 팔이 가늘어 창피해 여름에도 긴소매 입고
출근했다. 그래도 밤 11시까지 야근하고
힘이 나는 건, 내 지친 몸 쉴 곳
반겨 줄 자취방 형이 있다는 것

난, 양평동 제과점 굴뚝에

그을린 별빛을 헤치고
공돌이 공순이들의 땀과 한숨 서려 있는
먹물 같은 안양천을 건넜다

그 시린 가슴 안고 서울의 밤을 밝힌
소년의 꿈은 익어 갔을까?

세미한 노래

기나긴 겨울 바다
끝없어 보이는 어둠의 장막

노예들 신음과 탄식 속에
하늘의 세미한 음성

가루 속에 무르익은 누룩
꿈틀대는 거친 숨소리 들리는가?

목 조르는 최후의 순간에
새 생명 불러내는 노래

시들지 않은 꽃바람에
사랑이란 너!
춤을 추누나

들꽃 향

저 산머리 하얗게 얼어붙은
하늘 머리에 이고 서서
검은 바위에 싹트도록 서 있는
절벽을 보라

끊임없이 더러움과 악
쏟아 내는 입술의 검은 연기
푸른 하늘 뒤덮는다

아직 멍들지 않은 태양의 미소
낙원의 꿈 품은 들꽃
향 만발하여라

들꽃 만발하기까지

하나님과 그 아들
예수 그리스도를 아는
지식에서 자라 가라

사랑이 꽃피어
광야에 만발하기까지
그리고 온유와 겸손의 옷을 입어라

반겨 줄 이 아무도 없는
광야일지라도
서러워하거나 외로워 마라

산과 들에 꽃 피어
향기 토하고 있지 아니하냐?

지는 태양에 작은 별들 물들어
시내를 이루기까지

키스와 포옹

날 밟고 가는 해에
식지 않을 차가운 키스를

꿈꾸는 것처럼 오는 해에
뜨거운 포옹을

붉게 타다 사라지는
가을 낙엽에 박수갈채를

함박눈 사이로 유혹하는
동백의 붉은 미소에 설렘을

野花今愛 17

곡식 거둔 들에 하염없이
함박눈 날아든다

추운 겨울 팔십구 세 어머니
아가처럼 잘도 잔다

잠자는 어머니
하늘의 천사 내 곁에 있네

잠자는 어머니 얼굴
끝없이 흐르는 강물 마신다

더는 나이 들지 않는 어머니 얼굴
사랑 고백하는 삶 배운다

野花今愛 18

몸과 마음 지친 인생
하루해 저물면
고단한 몸 이부자리에 누인다

팔순 늙으신(老軀) 어머니
가난한 목사 아들 사랑하여
옛날 이불솜 다시 타서
얇은 솜이불 두 채나 만들어 보내셨다

어두운 밤마다 이리 뒤척 저리 뒤척
그 사랑 못 잊어 애가 탄다
솜이불 자장가 삼아
품에 안겨 오지 않는 단잠 청한다

어머니 낡은 솜이불만 남겨 두고
주님 품에 영원히 잠들어 있다
잠자리 들 때마다
솜사탕 같은 사랑 깨어난다

길입니까?

모든 만물 잠재우고
편히 주무시는 주님

가끔 찬바람에 함박눈 내리면
광야에 선 나그네
홀로 가는 발자국에
가끔 길을 묻는다

주님!
길입니까?

왜?

난, 넉넉함보다 가난을 선택했다
난, 배부름보다 배고픔을 선택했다

난, 만족보다 모자람을 선택했다
난, 지름길보다 돌아가는 길을 선택했다

난, 화려함보다 초라함을 선택했다
난, 환대보다 천대를 택했다

난, 박수갈채보다 외로움을 선택했다
난, 찬란한 불빛보다 초가집 호롱불을 택했다

왜?

상처받지 않은 것처럼

누가,
한 번도 상처받지 않은 것처럼
사랑하라 했는데
그게 어디 말처럼 쉽냐?

왜, 그런 말 했겠냐?
허구한 날
사랑의 상처를 받으니

다시 한번
상처받지 않은 것처럼
해 보라는 거지

그런 사랑, 상처받고도
다시 해 볼 만한 거야?

얼마나 좋으냐?

아름다운 꽃처럼
훨훨 나는 나비처럼, 얼마나 좋으냐?
흐르는 강물처럼
갈 곳 정하지 않은 바람처럼, 얼마나 좋으냐?

밤에 피는 꽃처럼
낮에 타는 등불처럼, 얼마나 좋으냐?
넉넉한 푸른 바다처럼 때려도, 때려도
아프다 않는 바위처럼, 얼마나 좋으냐?

언제나 푸른 하늘처럼
가도 가도 끝없이 이어 주는 길처럼
얼마나 좋으냐?

메마른 광야 생수처럼
썩은 들판 향기처럼, 얼마나 좋으냐?
어디 그게 쉽냐?
인생이!?

호기심

동녘에 타는 태양 떠오를 때
하늘과 바다 지키던 문 열어 주며
장난치는 소리에 맞장구친 적 있나요?

강물 무심히 흐르며 속삭이는 이야기에
귀 기울여 본 적 있나요?

파란 하늘과 높은 산 맞닿을 때
울리는 소리 들어 본 적 있나요?

땅속의 풀뿌리 끝
새싹들의 신천지 향한 기도
들어 본 적 있나요?

광야에 목 놓아 울던 나그네 신음
귀 기울여 본 적 있나요?

천둥, 번개 소리 뒤로하고 하늘과 바다가
열어 주는 문 들어가 아무 일 없다는 듯
잠자리 드는 행복 훔쳐 본 적 있나요?

하늘과 땅 만나 은밀하게 입 맞추던

그 즐거움 찾아

광야를 방황한 적 있나요?

갈한 목

메마른 길 걸어
눈물로 촉촉이 적신 땅
아침 이슬에 고인 하늘 미소

그 땅에 나무 십자가 박아
무릎 두께만큼 땅을 파
생수로 갈한 목 축이리

광야 가는 나그네

날도 춥고 할 일 많고…
마음에 여유 갖고 해야 하는데
일에 대한 부담
쉽게 놓아주지 않는다

광야 가는 나그네, 지치고 외롭고
고단한 육체, 마음마저 편히 맡기고
쉬고 싶을 때가 얼마나 많은가?

깨어지기 쉬운 육신이기에
멀리 있는 길 쉬엄쉬엄 가라

앞서가는 사람 보내 드리고
더 뒤처져 있는 사람
기다려 주면서 시냇물에 가끔 발도 담그고
산새 소리에 가끔 함께 노래하고

하늘과 땅 만나는 곳 향해
나그넷길 꿋꿋이 걸어가는 그대
바로 나야

선택

너무나 키 작은 너!
남들 잘 자랄 때, 뭐 하고 있었을까?
난, 네 덕분에 크고 잘 자라
맑은 공기 마신다

소아마비로 뒤뚱거리며 걷는 아이
나처럼 왜 바로 걷고 뛰지 못할까?
난, 날 때부터 사지 멀쩡해
매일 걷고 뛰는 데 조금도 부족하지 않아
실은 네 덕분이야

듣고 말하고 싶어도 말할 수 없으니
너무 답답하지. 왜 그러니?
난, 날 때부터 으앙! 울며 태어나
속삭이는 엄마의 자장가에 단잠을 잤지

난, 언제든 하고 싶은 말
하고 살지. 하기 싫으면?
쉽지. 그냥 토라지면 돼

꽃들의 황홀한 유혹의 손짓
춤추자는 벌 나비의 재치 있는 몸짓
본다는 건, 아주 놀라운 일이야
신비하고 놀라운 광경이 눈앞에 펼쳐져

넌, 왜 그렇게 가난해?
부모를 잘못 만나서 그렇다고?
참 안됐네. 잘 좀 선택하지
난, 네가 왜 가난을 못 면하는지
배고픈 게 뭔지 잘 모르겠어

난, 부자야. 언제부터?
아! 그야 나면서부터지
말 그대로 부자야
부족한 걸 모르고 자랐지

넌, 내 마음 아는지 모르지만,
산다는 건 유쾌하고 행복한 일이야
하지만 한 가지 잊지 않고 기억하는 게 있지
내 유쾌한 행복은 다 네 덕이야

野花今愛 19

함박눈 내리는 장독대 사이
가슴 태우다
막, 붉게 터져 나온 동백(冬柏)

밤새 모아 둔 이슬 사이로
수줍은 마음 안고
언 땅에 솟아오르면

돌아오지 않은 메아리
굴하지 않은 당신의 사랑

타는 목마름에 무담시
변함없는 친구 되었던
먼 하늘만 꾸짖는다

그리워하자

그리운 사람을
가슴 시리도록 그리워하자

그리움
저 지평선 너머로 사라지기 전

너와 나 함께했던 날들이
눈부시게 푸르른 날 꿈꾸며

아직 흰 눈 내리는 언덕에
붉은 동백 봄 꿈꾸다 사라지기 전

풀꽃

자세히 보아야 예쁜가요?
아직 예쁜지 모르겠어요
왜냐고요?
그건, 동녘의 태양 반긴 이슬처럼
빛나는 그대 눈동자
차마 마주 볼 수 없었지요

오래 보아야 사랑스럽다 했나요?
난 아직 그대가 사랑스러운지 모르겠어요
왜냐고요?
그건 밤이면 그대가 태양처럼
별빛 사이로 숨기 때문이지요

난, 그대를 오래 보아
사랑에 빠지고 싶은데…

그대여!
오늘 자세히 보고,
오래 볼 기회를 주실래요?
예쁜 사랑에 빠지도록

방황하는 그리움

고향에 가고 싶다
꿈에도 그리던 어머니 반겨 주는
고향에 가고 싶다

온 들판 함박눈 덮고 장독대
하얀 눈 가득 쌓일 때
마당을 쓸며 그리움 달래는
어머니께 달려가고 싶다

산과 들에 길 내고
거친 강물이라도 헤쳐 건너가
그리움 부르는 곳으로
끝없이 달려가고 싶다

그리움 부르는데 길이 없다
인자한 모습으로
한없는 그리움 맷돌이 되기까지

삭이고 삭인 마음 꺼지지 않도록
기다림의 긴 끈 놓고

외로운 어머니를 붙들고 싶다

이제 어디에도 없는 그리움,
이제 어디에도 비할 데 없는
그만한 정겨움 애타게 찾고,
찾다가 마음에 머물다 멍든 그리움

아! 그리움 길을 잃고 한없이 방황하니
이 일을 어찌할꼬!

쉬울까?

진시황제 노릇 하기 얼마나 쉬운가?
로마 황제 카이사르
황제 놀음 얼마나 쉬운가?

김일성 원수 노릇 얼마나 하기 쉬운가?
박정희 독재 노릇 얼마나 하기 쉬운가?
바티칸 교황청 교황 노릇
얼마나 하기 쉬운가?

왕 노릇
얼마나 하기 쉬운가!
내가 신(神)이니
내 마음대로 하면 되는걸

흔해 빠진 꼬봉
그 노릇도 쉬울까?

털장갑

2016년 1월 어느 날 오후 난, 병원에 갔다
오다 길거리 좌판 털장갑에 눈길이 갔다
어머니께 사다 드려야지
비록 볼품없고, 실수가 있고, 순발력 떨어진
늙은 어머니
세상의 어느 보물에 비할 수 있으랴!

걷는 것도 불편을 느끼고, 꼿꼿이 서기에도
힘에 부치고, 이제 흰 머리조차 앙상해져 가니
어디 하소연하여 가는 세월 붙들어 놓을 수
없을까? 시원하게 대접하고 섬긴 날은
까마득히 보이지 않구나

불러만 봐도 가슴 저미는 그 이름 어머니
닳아 버린 장갑 버리지 못해 끼고 다니다가
안산 우리 집에 놀러 오신 어머니

몇천 원 안 되는 싸구려 털장갑 사 갔더니
어찌나 좋아하시던지 어머니 이제 낡은 것
버리고 새 장갑 아끼지 말고 끼셔요

그해 4월 고향 집에서 친구 집 놀러 가다
끌고 다니시는 유모차 들고 넘다가
철 대문에 걸려 넘어져
넓적다리관절 부러져 병원 신세
두 달도 못 채우고 하늘나라 가셨으니 아!…

장례(葬禮) 후 어머니 성경책 가방 들여다보니
헌 장갑 낀 흔적, 아끼느라
낀 흔적 없이 새 장갑 그대로 있으니
아! 어머니!

6장

봄: 다시 피어나는 향기

(2018년 3월 2일~2018년 3월 17일)

어머니와 나와 동생

꺾인 가지

꺾인 가지 잘라 버려야 마땅한데
측은한 마음 들어 빈 화분에 심어 두고
겨우내 햇볕 드는 창가에 두었다
버려진 화분을 주워 와 살리기 위해
몇 가지를 쳐야 했다
한때 주인의 사랑과 관심 속에 자랐을 너
어찌 이제 버려져 길바닥에 누웠느냐?

메말라 비틀어져 잔가지 잘라 내고
두 개만 두었다. 작은 가지
버려진 가지 곱게 심어 두고
너도 살아야지, 너도 싹 틔워야지
매일 창가 화분을 확인한다

놀라운 일 발생했다
아가 손가락 같은 싹 나왔다
행여 메말라 죽을까 봐 물 주고
따스한 곳에 두었더니 새잎 나온 얼굴
생기발랄하여 내 볼에도 웃음 짓게 한다

아직 걸음마도 못 뗀 가지 화분
마음 곁에 두고
이른 봄노래로 흥얼거린다

野花今愛 20

흰 눈 펑펑 내리는 날에도
뒤안 장독대에 된장 항아리
굽은 허리로 열어 보던 손길

더디게만 오던
들꽃 몰고 오는 봄바람
지금 다정히 다가와
왜, 날 부르나?

함께 반길
장독대 만지던 손길
저 멀리 가고 없는데…

기대

선택하지 않은 고요한 새벽
친구처럼 찾아와
마음의 창 두드립니다

선택하지 않은 봄날의 기쁨
애인처럼 다가와
함께 가자 합니다

겸손과 사랑의 옷 입고 길 가니
청하지 않은 벌 나비
친구 되어 머나먼 길 함께합니다

선택하지 않은 광야 길 님의 그림자
기대하며 엎드려 하늘 바라봅니다

野花今愛 21

새벽부터 봄비 추적추적 내린다
겨우내 농부들 가슴에 심어 둔 봄비
꿈을 안고 내린다

잠자는 들풀을 깨우고
때 낀 하얀 가지마다 주르륵
푸른 물기가 흐른다

커다란 고향 집 지키는 당신
신혼 초 쌀 두 가마니 값 주고 샀다던
배 불뚝 나온 그 커다란 항아리 닦으며
처녀 때 그리던 꿈 다시 헤아렸을까?

주인 잃은 고향 집 봄비
앞마당에 뛰놀고 있을까?
장독대 돌아
무심한 울타리 뛰어넘을까?

봄비 젖은 당신의 두툼한 손길
어찌 이제야 가슴 시리게 파고드나요?

아직 주인 떠난 외로운 장독대
봄비 홀로 내릴까요?

봄맞이

고요한 호수 같은 내 마음속
폭풍우 몰아치는 밤 같은 때
어찌할 바 몰라
그저 엎드려 아버지만 불렀지요

내 마음 구석구석까지
할퀴고 간 자국 되살아나
아직도 날 칙칙하면 쓰리고 아픈 상처
함께하고 있음을 확인시켜 줍니다

누구는 가시 뽑아 달라고
세 번밖에 기도하지 않았다고 하는데
어찌 나는 족한 줄 모르고 다시 엎드려
아픈 상처 껴안고,
한없이 은혜를 구해야 합니까?

누구는 실수와 실패 속에서 감사와 겸손을
배웠다는데 난 여기 앉아 저들의 영광을
부러워하기만 하니 어찌합니까?

촉촉이 내린 봄비로 찬란히 꽃 피울 그날
온 천지 겨우내 얼어붙은
아픔과 상처 털어 내듯
화려한 봄노래 부를 저 들꽃
먼지 낀 귀 닦아
꿈 깨우는 꽃노래에 젖어 볼래요

늘어진 마음 줄 다잡고
상하고 찢긴 상처 보듬어 안아
벌 나비 황홀한 춤사위 부끄럽지 않도록
더럽혀진 봄맞이 옷
빨고 또 빨아 새 옷처럼 준비할래요

흔적

길, 다녀간 길 어디 있을까?

분명 상처 때문에
찢긴 향 발할 텐데…

세월 탓에 귀먹었나?
눈 어둡나?
방황하는 마음 때문일까?

길 지난 자리
분명 사랑의 흔적 있을 텐데

길 가자
길을 가자
흔적 지우지 말고
흔적 따라 길을 가야지

野花今愛 22

아프다. 아프다. 몹시 아프다
봄비, 화려한 꿈 봉오리
터뜨릴 그날 재촉하고
남녘 들판 푸르른 동심 일깨워도 아프다
난, 맘 아프다

봄 돌아왔는데, 고향 동네 어른들
봄나물 뜯으러 가자는 소리 잦아드니
난, 아프다. 맘이 아프다

이때쯤이면 택배로 싱싱한 봄동
향기 물씬 이른 쑥, 한겨울 버텨 낸 파
짙은 향 담긴 쌉쌀한 갓나물
올 때가 되었는데…

아프다
난, 아직 맘 아프다
아직 잘라 내지 못한 탯줄 때문에
봄바람 살랑여도 맘이 아프다